## P
## des lecteurs de Poin



Ce roman fait partie de la sélection 2015 du **Prix du Meilleur Roman des lecteurs de Points**!

D'août 2014 à juin 2015, un jury de 40 lecteurs et de 20 libraires, sous la présidence de l'écrivain **Geneviève Brisac**, recevra à domicile 10 romans récemment publiés par les éditions Points et votera pour élire le meilleur d'entre eux.

Pour tout savoir sur les ouvrages sélectionnés, donner votre avis sur ce livre et partager vos coups de cœur avec d'autres passionnés, rendez-vous sur :

**www.prixdumeilleurroman.com**

Florence Seyvos est née en 1967 à Lyon. Elle a passé son enfance dans les Ardennes et vit à présent à Paris. Écrivain, scénariste, elle est notamment l'auteur des *Apparitions*, qui lui a valu le Goncourt du premier roman et le prix France Télévisions.

DU MÊME AUTEUR

Gratia
*Éditions de l'Olivier, 1992*

Les Apparitions
*Prix Goncourt du premier roman*
*Prix France Télévisions*
*Éditions de l'Olivier, 1995*

L'Abandon
*Éditions de l'Olivier, 2002*

Florence Seyvos

# LE GARÇON INCASSABLE

ROMAN

*Éditions de l'Olivier*

TEXTE INTÉGRAL

ISBN 978-2-7578-4520-2
(ISBN 978-2-87929-785-9, 1re publication)

*à Arnaud*

Ce matin, elle a la chambre d'hôtel pour elle toute seule. Elle est à Los Angeles, elle a mangé du pain perdu, *French toast*, ce qu'elle ne ferait jamais en France, ni chez elle, ni à l'hôtel. Ensuite elle a étalé ses affaires partout et s'est demandé comment elle allait s'habiller. Sur la table de nuit est posée une feuille de papier sur laquelle il est écrit : *La maison où a vécu Buster Keaton est au 1018 Pamela Drive. Il a également vécu au 1004 Hatford Way. Il s'agit d'une résidence privée et on ne peut la visiter. En espérant que ces informations vous seront utiles*... Suit le nom du propriétaire de la maison de Pamela Drive, orthographié de deux façons différentes, l'une avec deux t, l'autre avec th. Si elle doit le prononcer, il faudra choisir entre les deux prononciations, et donc prendre un risque. C'est embêtant. Mais elle n'ose pas déranger de nouveau la personne qui lui a si gentiment procuré les adresses.

Elle se regarde dans la glace, ses mains disparaissent entièrement dans les manches du peignoir. Elle s'assoit, prend un stylo et fait son exercice de convergence. Elle tend le bras, met la pointe du stylo bien en face de ses yeux et la fixe tout en la rapprochant lentement du bout de son nez. À trente centimètres du nez, le stylo se dédouble inexorablement. Il faut forcer sur les yeux pour que les deux pointes reviennent l'une sur l'autre.

Avant, elle le faisait tous les matins. Elle en a perdu l'habitude et depuis, son œil droit s'éloigne de plus en plus. Il dit sérieusement merde à l'autre. Quand a-t-elle cessé de faire son exercice tous les matins ? Depuis qu'elle a un fiancé. Elle trouve qu'elle n'a plus le temps. C'est d'autant plus idiot que son fiancé aime beaucoup la voir faire son exercice.

– Mais qu'est-ce que tu vois, avec cet œil-là ? lui demande-t-il souvent.

– Je vois sans voir. Mon cerveau dit à mon œil : toi, ce que tu vois, je m'en fiche, je ne le regarde même pas.

Pour choisir comment s'habiller, elle fait coulisser la fenêtre et passe son bras dehors, jusqu'à l'épaule. Il fait chaud, au moins trois degrés de plus qu'hier. À Paris, elle ouvre les deux battants et se penche au-dehors, les bras ouverts. L'estimation de la température est bien plus juste. Encore une chose que son fiancé aime regarder et qu'elle ne fait presque plus, justement parce qu'elle est regardée. Résultat, elle choisit moins bien ses vêtements et – horreur – elle transpire.

Elle est nerveuse, jette un coup d'œil toutes les trois minutes sur la feuille où sont imprimées les adresses. Après une étude approfondie du plan, elle s'est aperçue que les deux maisons étaient peut-être très proches l'une de l'autre. Sa voix intérieure répète : c'est dingue, je suis à Los Angeles. Mais d'un ton calme parce qu'il ne faut pas trop s'exciter. Elle vérifie pour la cinquantième fois qu'elle a bien toutes ses affaires, de l'argent, les adresses, le plan, un carnet, l'adresse de l'hôtel. Elle quitte la chambre et prend un taxi. C'est dingue, j'ai réussi à prendre un taxi. Ne pas trop s'exciter, ne pas transpirer. Le taxi arrive à Beverly Hills. C'est dingue, je suis à Beverly Hills. Elle demande au chauffeur où est-ce qu'elle pourra trouver ensuite un taxi pour rentrer, il lui donne sa carte, ça la rassure. Pamela Drive se termine en impasse. C'est un nid de luxe et de calme. Ciel bleu, arbres verts. Aucun bruit de voiture. Même le taxi qui s'éloigne est soudain totalement silencieux. On n'entend que des chants d'oiseaux empreints d'une joie et d'une sérénité particulières. Un écureuil traverse, puis un deuxième. C'est bon signe, se dit-elle. Elle fait semblant de prendre son temps, regarde autour d'elle ces arbres qui ont l'air de n'avoir jamais manqué d'eau de leur vie, les murets d'un blanc éclatant, les grilles qui semblent avoir été repeintes la veille. Elle remarque que la plupart des maisons n'ont pas de numéro. En tout cas, il n'y a pas de numéro 1018. Elle revient lentement en arrière, trouve le numéro 1012. C'est une villa qui disparaît presque entièrement derrière les arbres et les buissons. La maison voisine est beaucoup plus modeste, peut-être une maison de gardien. Sous un petit hangar, un homme âgé se repose dans un transat en buvant une bière, c'est un Afro-Américain. Il la regarde passer. Ils échangent un petit signe de tête. Quelques maisons plus loin, elle arrive au croisement avec Hatford Way, qui est tout aussi avare en numéros. Le 1004 doit être là, d'un côté ou de l'autre du croisement. C'est peut-être cette immense maison au style pompier, sur une grande pelouse dégagée. Elle lui rappelle une image entrevue dans un documentaire, il faudra qu'elle revoie cette vidéo. C'est la maison d'un homme qui dit à sa jeune épouse : « Tu vois, j'ai acheté la plus grande et la plus belle. » L'autre maison est plus discrète et n'a pas d'entrée visible, il est impossible de savoir à quelle rue elle appartient.

Elle repart dans Pamela Drive. Le monsieur est toujours là. Il la suit des yeux. Quelle animation, ce matin, dans Pamela Drive. Pour le numéro 1018, il n'y a pas de doute possible, c'est forcément la dernière maison à droite. Elle est invisible. On ne voit qu'un immense portail aveugle, de presque trois mètres de hauteur.

Elle s'approche avec hésitation. Cherche une sonnette, pas de sonnette. Une voix sortie d'un haut-parleur la fait sursauter : *« WHAT DO YOU WANT ? »* Une voix d'homme, sèche, presque menaçante. Elle découvre un haut-parleur sur sa gauche et s'adresse stupidement à la petite boîte métallique, comme si l'homme était enfermé à l'intérieur :

– *Good morning, sir. I'm sorry to disturb you. Does Mr G. live here ?*

– *PRESS THE BUTTON ! PRESS THE BUTTON !* crie la voix.

Sous le haut-parleur, il y a un gros bouton rouge. Elle appuie sur le bouton et le maintient enfoncé tout en parlant :

– *Good morning sir, I'm sorry to disturb you. Does Mr G. live here* ?

– *YES.*

– *I'd like to speak with Mr G., if it's possible. I'm a French writer* (pauvre idiote). *I'm writing a book about Buster Keaton* (pauvre idiote).

– *WAIT !*

Pendant un long moment, elle n'entend plus que les oiseaux. Un pinson se montre particulièrement encourageant. Puis dans l'immense portail en fer s'ouvre une petite porte. Un homme apparaît. Elle ne sait pas si c'est l'homme qui lui parlait dans le haut-parleur. En tout cas il a l'air très aimable. Peut-être se radoucit-il quand il quitte son poste de surveillance et se trouve en face d'une personne de moins d'un mètre soixante, par un matin de printemps, au milieu des chants d'oiseaux. Ou peut-être le cerbère du haut-parleur a-t-il jugé qu'on pouvait envoyer un interlocuteur non armé discuter à la porte. Elle reprend son petit discours, précise qu'elle ne demande pas à visiter la maison, juste à la voir de l'extérieur, si c'est possible, et à s'entretenir quelques instants avec le propriétaire. Elle s'excuse toutes les trois secondes, répète qu'elle ne veut surtout pas déranger. L'homme lui répond que le propriétaire est absent, qu'il sera de retour ce soir, et lui demande de laisser ses coordonnées. Elle écrit son nom, l'adresse et le téléphone de l'hôtel, son numéro de portable. L'homme la salue avec courtoisie et disparaît en refermant la petite porte. Ses jambes tremblent un peu tandis qu'elle remonte Pamela Drive. Le monsieur est toujours là dans son transat, de nouveau ils échangent un petit signe. Il semble s'attendre à ce qu'elle s'approche, alors elle s'approche et lui explique qu'elle est venue pour voir la maison de Buster Keaton.

– La dame chez qui je travaille, dit-il, a longtemps travaillé pour Buster Keaton.

– *Does she talk about him sometimes ?*

– *She says he was a very nice man.*

Il lui propose de noter le numéro de téléphone de cette dame. Elle le note avec gratitude, mais sent bien qu'elle n'osera pas appeler. Que pourrait-elle lui demander ? S'il était gentil ? Tout le monde dit qu'il était gentil. *A nice man, a very nice man*. Une anecdote, peut-être ? À quoi bon une anecdote ? Pour pouvoir dire : je suis allée à Los Angeles et figurez-vous que j'ai rencontré un homme qui travaillait pour une dame qui avait longtemps travaillé pour Buster Keaton et qui m'a raconté cette anecdote. Pourquoi est-elle venue ici ? Pour presque rien. Pour croiser dans l'air, sous les feuilles, quelques microparticules que Buster Keaton avait lui aussi croisées. Un grain de poussière qui aurait touché sa main ou ses chaussures. Elle déplie les doigts pour attraper le grain de poussière. Elle est contente d'être venue. Elle se souviendra des deux écureuils et du monsieur dans son transat. Et de toute façon, ce qu'elle cherchait était arrivé à l'improviste, la veille au soir. En quittant le restaurant, dans la voiture de leur ami Alex, ils étaient passés devant les studios de Keaton. « Vous les imaginez, là, Keaton et Arbuckle, fumant une cigarette sur le trottoir ?… » avait dit Alex. C'était un bel immeuble tout simple, éclairé par un réverbère dont la lumière donnait à la façade une jolie couleur ocre jaune. La rue était déserte et la voiture avait ralenti. Keaton et Arbuckle étaient là, dans la nuit calme, dans les microparticules de lumière de ce réverbère. Ils étaient parfaitement là, dans leur absence. Et longtemps elle avait regardé à travers la vitre arrière, jusqu'à ce que l'immeuble ait complètement disparu et se soit imprimé tout au fond de sa tête.

C'est un portrait en noir et blanc. Un garçon brun, souriant, en T-shirt rayé, les mains sur les hanches, regarde droit dans l'objectif. Il a de grands yeux sombres, des traits réguliers. Son visage reflète un mélange de douceur et de détermination, et il y a quelque chose de légèrement frondeur dans son regard et son attitude. On ne sait quel âge lui donner, douze ans ? dix-sept ans ? Ses traits sont encore enfantins, son expression presque celle d'un adulte. Je connais cette photo depuis toujours. Elle est accrochée dans la chambre de mes parents. Elle est dans l'appartement de ma grand-mère, à Lyon, et aussi dans sa maison en Savoie où nous passons l'été. Elle est en petit format dans le portefeuille de ma grand-tante.

J'ai huit ans, et chaque fois que je regarde cette photo, j'essaie d'imiter le regard et l'attitude du garçon. Je commence par placer fermement mes mains sur mes hanches et je n'en reviens pas de la sensation de confiance que j'éprouve. Ce ne sont que mes mains. Mais elles me tiennent comme si elles appartenaient à quelqu'un de plus grand et de plus fort que moi. Les mains sur les hanches, je me sens grisée par un sentiment de quasi-invincibilité. Mais pourquoi est-ce que je ne place pas mes mains plus souvent comme ça ? La vie serait tellement plus agréable. Je relève le menton, je souris, le regard droit. Je cours me mettre devant le grand miroir de la salle de bains pour vérifier la ressemblance. Le regard n'est pas assez intense, pas assez déterminé. J'y suis presque… ça y est, je lui ressemble.

Un soir où ma mère est près de moi devant le miroir, je lui demande :

– À qui je ressemble ?

Elle ne voit pas. J'insiste :

– J'imite quelqu'un. C'est facile, regarde.

Elle ne voit toujours pas, comme c'est étrange. La ressemblance est pourtant criante.

– Tu ne trouves pas que je ressemble à Henri ?

Henri était son frère, mon oncle. Je n'ai qu'un seul souvenir de lui, très vague. Nous étions allés lui rendre visite dans une sorte d'hôpital où il vivait. Sa chambre était étroite, peut-être mansardée car je me rappelle qu'il y faisait sombre. Il était assis sur le lit, il était souriant, cela j'en suis sûre. Je ne me souviens de rien d'autre. La photo au T-shirt rayé est pour moi bien plus réelle, sa présence bien plus forte que cet unique souvenir. Au travers de cette photo, Henri est devenu, avant même la date de sa mort, un fantôme amical et mystérieux. Dès que je regardais la photo, ses yeux me parlaient. *Mesure-toi à moi*, me disaient-ils.

On me racontait souvent l'histoire d'Henri, c'était une histoire douloureuse, et toujours la photo semblait venir la démentir. Henri était né au début de la guerre. L'accouchement avait été long, et la sage-femme s'était absentée un moment pour aller voir son mari en permission. Elle s'était aperçue trop tard que le bébé souffrait. Le cordon ombilical lui serrait le cou. Il était né sans émettre le moindre cri, on n'avait pas laissé ses parents le voir. Lorsqu'ils le découvrirent, le lendemain, sa peau avait à peu près la couleur de la tôle : un bébé gris. Pendant des mois et des mois, le petit Henri hurla, le jour, la nuit, parfois pendant des heures. Puis ses crises s'espacèrent et disparurent provisoirement. Il se révéla un enfant plutôt joyeux, décidé et autoritaire. Mais il ne devint pas tout à fait comme les autres. Ses rires et ses grimaces étaient intempestifs. Quand il eut deux ans, le verdict du médecin tomba : le cerveau d'Henri était endommagé, ses capacités mentales étaient affectées de façon irréversible.

Mes grands-parents ne l'inscrivirent pas à l'école, et comme ils avaient de l'argent, un professeur particulier fut chargé de son éducation. Henri apprit à lire, à écrire, à compter. Il gravit lentement les paliers de l'école primaire, cours préparatoire, cours élémentaire… Pour chaque apprentissage, il devait fournir deux fois plus d'efforts que les autres enfants, mais il adorait apprendre. Il s'acharnait et ne renonçait jamais. Il ne supportait pas l'échec. Simplement, au fur et à mesure que la difficulté augmentait, son rythme ralentissait, comme celui d'un cycliste qui doit changer plusieurs fois de braquet pour affronter une côte. Et la côte devenait sans cesse plus escarpée, Henri ne grimpait plus que quelques centimètres à la fois, et à un moment, il s'arrêta. Il avait presque atteint le niveau d'un élève de sixième. C'était magnifique mais c'était terminé.

Henri dit qu'il voulait continuer, apprendre le latin, entrer au séminaire et devenir prêtre. On lui répondit que ce n'était pas possible. Alors Henri se mit en colère et apostropha son père. Il était d'ailleurs le seul, enfants et adultes confondus, à ne pas craindre mon grand-père et à oser le contredire, et même avec insolence. Pourquoi sa sœur aînée avait-elle le droit d'entreprendre les études qu'elle avait choisies et pas lui ?

Sa révolte, sa colère, ses supplications ne changèrent rien. Il fut tout d'abord mis en pension dans une institution en Suisse, puis dans une sorte de clinique de luxe pour personnes handicapées, dans la région de Perpignan. Il avait à peine plus de vingt ans quand il fut frappé par une encéphalite, dont il mit plusieurs années à guérir et qui diminua ses facultés.

Dans le même village où se trouvait la clinique il y avait une communauté religieuse. Henri était enfin heureux parce qu'il avait obtenu le droit, tous les matins, de servir la messe. Le reste du temps, il s'occupait, il dessinait énormément. Quand ma grand-mère venait le voir, elle repartait en disant : « Une vie pour rien. »

Dix ans après la première vint une seconde encéphalite. Henri n'y survécut pas.

Un été, en Savoie, un jour de pluie, en fin de matinée, j'étais assise sur les genoux de ma grand-mère qui lisait le journal, quand le téléphone sonna. Elle se leva pour répondre. Quelques instants plus tard, je l'entendis courir dans le couloir. Elle criait : « Henri est mort ! Henri est mort ! » Sa voix était brisée, elle charriait les décombres d'un effondrement, et en même temps retentissait comme une sirène. Soudain ma grand-mère fut devant moi, affolée, hagarde. Elle me regarda l'espace d'une seconde, mais je n'avais que six ans et je venais d'être transformée en statue de sel, je ne pouvais lui être d'aucun secours. Elle ressortit en courant. Henri est mort ! résonnait dans toute la maison. Mes pieds s'étaient enfoncés dans le plancher, mes oreilles bourdonnaient, et lorsque je pus à nouveau bouger, je levai lentement la tête car je savais que juste au-dessus de moi sur le mur se trouvait la photo d'Henri. Il était là, exactement comme avant, souriant et frondeur.

– Ce n'est pas de moi qu'il s'agit, me dit-il.

Si, répondis-je dans ma tête. Tu es mort, je le sais, c'est affreux.

– C'est un vieux monsieur de trente-trois ans qui est mort. Moi, je suis toujours là.

Cinq ans après la mort d'Henri, j'avais onze ans, et je partais en Afrique. Mes parents se séparaient, mon frère et moi suivions notre mère. Nous allions rencontrer un garçon qui s'appelait lui aussi Henri et qui était lui aussi handicapé. Son père vivait et travaillait depuis vingt ans en Côte d'Ivoire, et élevait son fils seul depuis sa naissance. Depuis neuf ans.

Ce jour-là, je vis venir vers moi un grand garçon extrêmement maigre, à la mâchoire prognathe. Il me lança un bonjour sans me regarder et passa devant moi en imitant un bruit de moteur. Sa démarche faisait penser à un bulldozer qui aurait perdu une chenille. Il augmenta le volume de son vrombissement en arrivant à ma hauteur et, sans même jeter un coup d'œil pour juger de l'effet produit, s'engagea dans le couloir. Quelques mètres plus loin, il donna un grand coup de frein, manœuvra son levier de vitesses imaginaire et pivota pour entrer dans sa chambre.

Ma mère ne nous avait parlé de lui qu'en disant « le petit Henri » ou « Petit Henri ». Je m'étais imaginé un garçon à l'apparence d'un lutin fragile. Dans certains rêves éveillés, je l'avais même affublé d'un bonnet pointu. Je le voyais frêle, gracieux, lent dans ses gestes et son élocution, aussi vulnérable physiquement que la Petite Fille de verre, et doué d'une forme d'intelligence parallèle, ultrasensible et poétique. Je pensais qu'il m'ouvrirait les portes d'un inframonde et qu'en échange, je le protégerais. Je pensais qu'il prononcerait des phrases dont j'apprendrais à découvrir la signification. Je m'imaginais avoir avec lui des échanges télépathiques. Ce serait un nouveau frère – plus docile et plus mystérieux que celui que j'avais déjà – et une âme sœur.

Frêle, il l'était. Fragile, il l'était. Quand il était debout, une chiquenaude suffisait à lui faire perdre l'équilibre. Pourtant il dégageait une étrange impression de force, comme une voiture téléguidée bloquée contre un mur dont les roues continuent à tourner avec véhémence. Lent, il l'était, dans presque tous ses gestes. Le regarder donnait parfois l'impression de voir un mouvement au ralenti. Il parlait lentement aussi, en bégayant, butant de manière spectaculaire tantôt au début de sa phrase, tantôt au milieu, tantôt sur le dernier mot. Ses phrases ne comportaient pas de mystère, elles reflétaient toutes, de façon plus ou moins inquiète, son souci d'être en adéquation avec le monde, de prononcer les bons mots au bon moment : bon appétit, en début de repas, merci pour ce bon dé-dé-dé-dé-déjeuner, en fin de repas. Des phrases apprises par cœur.

Une heure après cette première rencontre, nous

étions tous à la cuisine pour le goûter. Henri était assis comme nous sur un tabouret. Devant lui un verre d'eau et deux tranches de pain d'épices sur une assiette. Il commença par le pain d'épices, en le tenant délicatement du bout des doigts – il avait manifestement horreur de se poisser les doigts. Il mangea méthodiquement les deux tranches, l'une après l'autre, sans s'interrompre. Puis il prit son verre, le porta à ses lèvres, l'inclina en même temps que sa tête, comme un automate. Toute l'eau disparut dans sa gorge, puis revint dans le verre tandis qu'il redressait la tête. Car il n'avalait qu'une petite gorgée à la fois. Mon frère François et moi le regardions, fascinés, nous demandant combien de fois l'eau, de plus en plus trouble, allait ainsi faire l'aller-retour entre sa bouche et le verre avant d'avoir complètement disparu. Quand il eut fini de boire, Henri posa son verre sur la table et soupira. L'air qu'il avait avalé en buvant s'échappa alors en un rot qui le surprit, et il fut pris d'un fou rire inextinguible, qui nous gagna aussitôt, mon frère et moi. Nous riions en silence, timidement, nerveusement, nous tortillant comme des asticots sur nos tabourets. Puis le fou rire d'Henri se mua en spasmes d'excitation et de joie, il se secouait, et son visage heureux, bouche grande ouverte, souriait à un public invisible qui communiait avec lui depuis le plafond de la cuisine. Son père mit fin à cette crise de bonheur, à cette démonstration flagrante de débilité.

– Henri, cesse de rire bêtement.

Cette phrase est peut-être celle qu'Henri a le

plus entendue dans sa vie. *Ne ris pas bêtement, arrête de rire bêtement.*

– Arrête de rire, disait aussi mon grand-père à mon oncle Henri, l'enfant de la photo, quand celui-ci pendant le dîner communiait avec ses anges personnels au plafond de la salle à manger, dans le grand appartement lyonnais. Mais cet Henri-là répondait alors à son père, d'un ton coupant :

– Je ne riais pas. Ce n'est pas comme ça que je ris.

Henri, le deuxième Henri, n'a pas cette vitesse dans la repartie. Et s'il lui arrive souvent de résister à son père, autant qu'un bloc de béton armé peut résister à des coups de pioche, quand son père lui dit d'arrêter de rire, il s'arrête aussitôt. Un masque de statue s'abat sur son visage. Mais dès que son père cesse de le regarder, il tourne discrètement la tête pour échanger avec lui-même un dernier rire muet. Puis il revient face à son assiette, s'essuie les coins de la bouche avec sa serviette, et déclare :

– Mm-m-m-merci pour cet excellent goûter.

Il se lève, légèrement hautain, et quitte la cuisine de son pas raide et bancal. François et moi évitons de nous regarder, de peur que le fou rire ne nous reprenne. Ce garçon est peut-être notre nouveau frère, son père sera peut-être notre beau-père, et nous sommes à cinq mille kilomètres de chez nous.

Une porte-fenêtre coulissante ouvre sur une cour en ciment et crépi beige. Un palmier et un buisson d'hibiscus. Ce pourrait être Nice ou Saint-Raphaël, une banlieue aisée. Pourtant nous sommes en Afrique, c'est le ciel blanc-gris d'où tombe une lumière aveuglante qui le rappelle. Et cette bouffée d'air incroyablement chaud et humide qui nous saute au visage dès que nous ouvrons la porte.

Dans la maison, il fait à peine 20 °C. On entend en permanence la soufflerie des climatiseurs. Une agression continue, aussi légère que l'air glacial qui s'en échappe. Même au cœur de la nuit, le silence n'existe pas.

Mais pour l'heure, nous n'entendons pas le climatiseur de la petite salle à manger où nous nous terrons, apeurés, ma mère, François et moi. De la porte qui donne sur le salon nous parviennent trois sortes de cris. Les hurlements d'Henri, les rugissements de son père et les vociférations de Brünnhilde, la Walkyrie. Depuis que nous sommes là, tous les dimanches après-midi, Brünnhilde nous déchire les tympans et nous met les nerfs à vif.

C'est l'heure de la séance de rééducation d'Henri. Il est allongé sur le canapé, le bras gauche passé dans un tube de plastique pour le maintenir en extension. À l'extrémité du tube, près de sa main, sont accrochés des poids. Henri monte et abaisse son bras avec régularité. Il doit, à chaque passage, frôler son oreille. « Un, deux, trois, quatre, cinq, six, sept… » crie son père. Henri compte, lui aussi, la voix tremblante d'exaspération et de rage. La rage que son père soit plus fort que lui et lui impose sa volonté.

Son père porte des gants de cuir épais et, de toutes ses forces, essaie de décrisper tantôt la main, tantôt le pied d'Henri, qui dans l'effort deviennent durs comme du bois. Son pied se recroqueville et se tord vers l'intérieur, les doigts de sa main se referment, les décoller de la paume est presque impossible. Il faut sans cesse tirer sur le pied, le masser, ouvrir la main, déplier les doigts crochus. C'est douloureux pour Henri, épuisant pour tous les deux.

Dans la petite salle à manger, nous essayons de jouer au Scrabble. Nous avons tous les trois mal au ventre et nous nous tenons penchés au-dessus de la table, trois visages crispés qui font semblant de s'intéresser au jeu. Étrangers dans ce pays, étrangers dans cette maison. Tout est nouveau pour nous : l'énorme DC-10 dans lequel nous avons voyagé, la chaleur, cette maison moderne où chaque lampe est munie d'un variateur, les chauves-souris géantes qui passent par milliers, très haut dans le ciel, tous les soirs à six heures. Henri, la rééducation, Wagner.

Les adultes ont prétendu que cette cohabitation était un essai. François et moi savons qu'essayer, ça ne veut rien dire.

Pour rien au monde nous n'ouvririons la porte qui donne sur le salon avant que la séance soit terminée. Il n'est même pas question d'aller aux toilettes. La colère de Brünnhilde nous crèverait les tympans, la vision d'Henri allongé avec son arsenal de tubes et de sangles, et le regard d'acier de son père nous foudroieraient sur place. Quand le silence revient, c'est ma mère qui ouvre la porte. En général nous ne finissons pas la partie de Scrabble. C'est avec soulagement que nous faisons glisser les lettres dans leur sac. Nous osons à nouveau traverser la maison. Henri rigole de tout et de rien pendant que son père range le matériel, sa voix tremble encore et les larmes n'ont pas tout à fait séché sur ses joues. Souvent, un peu plus tard, son père et lui s'installent dans un même fauteuil pour lire un Tintin. Un homme très mince et un garçon très maigre serrés l'un contre l'autre, un album posé verticalement sur leurs genoux. Le père enveloppe le fils de son bras. Il l'embrasse tendrement. Henri lui rend son baiser, c'est-à-dire qu'il se jette sur la joue de son père comme un moineau goulu sur un morceau de pain.

– Doucement, fais-moi un baiser tout doux.

Henri recommence, plus doucement. Ses yeux brillent, il regarde son père comme si son père était Dieu et qu'il lui appartenait exclusivement à lui, Henri. Un regard d'adoration ravie. Ils sont seuls au monde. Ils sont les rois du monde. Je les vois et je pense que mon cœur est atrophié, pas seulement le mien, il en est de même pour tout le groupe humain dont je suis issue : notre cœur est une petite machine sage qui ne produit que des ersatz de sentiments. Je n'ai jamais vu un lien si fort entre deux personnes. Je n'ai jamais vu un père et son fils s'aimer autant.

Quand la lecture est finie, Henri retourne dans sa chambre et met son disque préféré. Des chansons pour enfants interprétées par Bourvil et une chorale de petits chanteurs. La chanson qu'il aime par-dessus tout s'intitule *La Trompette*. Dès qu'elle commence, Henri, assis sur son lit, se secoue tout entier en cadence et chante, faux, décalé, mais à pleins poumons :

– Hé ! Son papa lui achètera / Une jolie trompette ! / Son papa lui achètera / Une trompette en bois !

François et moi dormons pour l'instant dans la chambre d'Henri, sur des lits de camp. Nous assistons au coucher d'Henri. Il enlève ses chaussons et passe son bras gauche dans un long tube de plastique rigide de couleur grise. C'est le même tube que celui de la rééducation, mais sans les interstices pour accrocher les poids. Puis son père lui met une mentonnière de caoutchouc blanc. Le tube est là pour empêcher le bras de se recroqueviller, la mentonnière pour corriger le prognathisme. François et moi sommes effarés par ce harnachement. Comment Henri fait-il pour s'endormir ainsi sanglé, entravé ? Mais d'un geste expert, il fait passer le tube sous les couvertures, et la lumière n'est pas éteinte depuis plus de dix minutes qu'un léger ronflement s'élève de son lit, à peine audible sous la soufflerie du climatiseur. Il dort profondément jusqu'au matin.

Il s'éveille toujours de bonne heure. Il fait passer son bras au-dessus des couvertures et il attend. Il attend que quelqu'un d'autre que lui soit réveillé.

Attendre est l'une des choses qu'Henri sait le mieux faire.

– Henri, déshabille-toi, je vais te donner ta douche.

Henri se déshabille et attend, nu, assis sur son lit. Le disque qu'il écoutait est fini. Il ne songe pas à le remettre. Il ne songe pas non plus à jouer avec ses petites voitures – et c'est heureux, car alors il serait dans l'axe du climatiseur. Son père lui a demandé d'attendre, et c'est exactement ce qu'il fait. De temps à autre, il se secoue de joie et rit sans bruit en montrant toutes ses dents.

– Henri, mets tes chaussures et attends-moi, je t'emmène faire des courses.

Henri attend, ses chaussures aux pieds, près de la porte d'entrée, heureux et excité à la perspective de faire un tour en voiture. Sa main droite est posée sur un levier de frein invisible qu'il est prêt à desserrer à la seconde où son père apparaîtra. L'attente peut durer une demi-heure, trois quarts d'heure, car son père doit finir de taper une lettre, puis il décidera de passer un coup de téléphone, et finalement, de se raser avant de sortir.

Souvent, le samedi, Henri attend dans la voiture pendant que son père fait des achats. Il n'a pas le droit d'ouvrir la portière ni de baisser la vitre. La sueur lui coule dans le cou. Son père peut très bien aller acheter une cafetière et en profiter pour regarder un nouveau modèle de four, et aussi des lampes, et puis, en sortant, il fait un crochet pour voir les nouveautés de la galerie d'art qui n'est qu'à trois rues du magasin d'électroménager. Sur le chemin du retour, il s'arrête pour essayer une paire de chaussures.

Cette attente-là, François et moi la partageons maintenant avec Henri, et nous haïssons le samedi après-midi. Nous sommes assis tous les trois à l'arrière de la voiture. Nous ne parlons pas. Nous n'essayons même pas de faire un jeu. Chacun suit mentalement le trajet des gouttes de sueur qui lui dégoulinent jusqu'en bas du dos. De temps en temps, nous regardons nos montres et nous n'en croyons pas nos yeux. Un marchand de boissons est installé une trentaine de mètres plus haut, sur l'avenue. Il vend des Pepsi et des Mirinda, le Mirinda est une sorte de Fanta d'une teinte plus acidulée. De toute façon, nous n'avons pas d'argent sur nous. Un samedi, François sort trois cents francs CFA de sa poche et me demande d'aller acheter une boisson. Je refuse de bouger.

– Pourquoi ? dit-il, pragmatique.

Je bougonne que nous n'avons pas le droit de sortir.

– Mais ça ne prendra qu'une minute !

Je réponds que je n'ai pas si soif, ce qui est faux.

– Regarde, tu ouvres la portière, tu marches tout droit, tu dis : Bonjour monsieur, je voudrais un Pepsi s'il vous plaît. Il te dit : C'est cent cinquante francs. Ou il te dit : C'est deux cents francs. Tu lui donnes l'argent, il te donne la bouteille et tu reviens. C'est tout.

François est exaspéré. Il connaît, bien qu'il n'ait que sept ans, la raison de mon refus. Il sait que j'ai peur de demander l'heure dans la rue, que je préfère me perdre plutôt que de demander mon chemin à quelqu'un. Dans le village des Ardennes où nous habitions, j'avais peur d'aller acheter le pain le dimanche parce qu'alors il fallait se rendre à l'autre boulangerie, celle où je n'allais jamais pendant la semaine, celle où le comptoir et la caisse enregistreuse étaient disposés différemment et où je craignais que les mots pain, baguette, bâtard, brioche n'aient pas la même signification que dans la première boulangerie, ni même les mots bonjour et s'il vous plaît. J'imaginais que les mots, les formules toutes faites, étaient susceptibles de changer de sens au point de devenir des insultes, et que l'on me jetterait dehors. Alors comment aller acheter un Pepsi à cet homme ? Longer cette avenue où l'on croise parfois l'homme albinos, dont la peau est criblée de lésions à cause du soleil et qui marche en parlant tout seul et en faisant de grands gestes ? Passer devant le garçon qui a l'âge de François et vend des tomates, debout sur son unique jambe ? Si je pose un pied hors de cette voiture, je vais me dissoudre. Si j'y reste, je ne suis nulle part ailleurs que dans ma tête. Sans doute serait-ce exaltant de sortir et de revenir dans la voiture avec un objet venu de l'extérieur, une boisson sucrée, délicieusement fraîche, ce serait presque un acte magique. Mais je suis incapable d'ouvrir la portière. Ma main m'a prévenue qu'elle refusait de le faire. Il n'y aura pas d'acte magique. Le silence dans la voiture devient hostile. Pendant ce temps, quelque part dans un magasin, notre mère essaie des vêtements avec un sourire forcé, sans la moindre envie d'acheter une jupe ou un chemisier, parce qu'elle sait que nous attendons depuis plus d'une heure. Seul Henri attend tranquillement, sans bouger, comme si l'attente devait durer jusqu'au lendemain matin. Lorsque soudain François escalade le siège pour s'installer à la place du conducteur, pose ses mains sur le volant, le levier de vitesses, le frein, actionne le clignotant dans un sens, dans l'autre, Henri s'anime brusquement. Il s'écrie, surexcité :

– François ? T-t-t-tu veux conduire ? Attention, il ne faut pas oublier de dééé… de déééé… de desserrer le frein à main ! Le clignotant, c'est à gauche ! Ah non !!! Ça, c'est les phares ! Et si tu veux tourner à droite, tu tournes le volant à droite, comme ça ! C'est ça, braque ! Braque !

Quand Henri et son père séjournaient en France pour les vacances, avant que nous n'entrions dans leur vie, ils allaient souvent à Quiberon, dans un hôtel. Là-bas aussi, Henri passait beaucoup de temps à attendre. Son père aimait marcher sur les rochers en bord de mer. C'était un parcours impossible pour Henri. Et sans doute son père avait-il besoin d'aller marcher seul, à son rythme. Alors Henri attendait dans la chambre d'hôtel. Il était assis sur le lit, un album de Tintin posé près de lui. À peine son père avait-il fermé la porte de la chambre qu'il s'en était déjà désintéressé. La télévision était éteinte. Henri en avait pour deux ou trois heures d'attente. Il était parfaitement calme. Il se secouait en riant, sans faire aucun bruit, il pensait à des choses. Parfois la nuit tombait, et il ne songeait pas à se lever pour allumer la lumière.

Le père d'Henri dit : « Les enfants, il faut les casser. » Il pense sincèrement qu'on ne peut élever un enfant sans le casser, qu'il n'y a pas d'autre solution. Pas simplement plier, casser. Il faut entendre le craquement de la tige de bois que l'on ferme sur elle-même, à deux mains, d'un coup sec.

Henri s'est cassé tout seul, quelques heures après sa naissance. C'était un beau bébé dodu de plus de trois kilos. Et tout à coup, un vaisseau s'est rompu dans sa tête. Le sang lui pissait par les yeux et les oreilles, et son avenir, en une fraction de seconde, venait de changer totalement de route. Sa mère est partie peu de temps après, ou peut-être son mari l'a-t-il flanquée dehors parce qu'il voyait bien qu'elle ne saurait pas faire face à cette situation. Elle ne saurait pas faire en sorte que cet enfant s'assoie un jour tout seul sur son derrière, ni faire en sorte qu'il se tienne un jour sur ses deux jambes, la jambe normale et la jambe atrophiée. Elle n'aurait pas pu l'obliger, le forcer, le secouer, lui crier dessus, le maintenir droit comme on tient un pantin, heure après heure, jour après jour, pendant plusieurs années, jusqu'à ce qu'il puisse faire trois pas tout seul sans tomber, et alors le consoler, le féliciter, embrasser ses larmes en lui caressant les cheveux. Il est possible que sans son père Henri n'eût jamais appris à marcher. Et quand il sut marcher, son père pensa que tout était sauvé.

Un soir, il nous explique qu'Henri pourrait très bien devenir professeur de tennis. Nous restons sans voix, hochons poliment la tête. Nous voyons qu'il y croit absolument.

Le père d'Henri pense qu'il a cassé son fils et qu'il a bien fait, car ainsi il pourra exercer un métier, se marier et avoir des enfants.

Henri marche, mais ne deviendra jamais professeur de tennis.

Ce matin, le maçon, qui s'appelle Yacouba et qu'Henri et son père connaissent depuis des années, est venu réparer la palissade. Henri, de mauvaise humeur, a refusé de lui dire bonjour. Son père s'est mis en colère et lui a ordonné de dire bonjour. Henri s'est obstiné dans son refus. Son père l'a obligé à se mettre à genoux dehors, sur le ciment, en lui disant qu'il resterait là jusqu'à ce qu'il se décide à saluer poliment Yacouba. Henri est resté là une heure, il hurlait, pleurait de rage et refusait de céder. Henri est un petit saligaud de roseau qui plie mais ne rompt pas.

– Où diable ce zouave de Tournesol a-t-il envoyé ma pipe ?

Voilà une phrase interrogative parfaite, ni trop courte, ni trop longue. Henri doit la répéter jusqu'à ce qu'il puisse la dire d'un trait, ou presque. Hélas pour lui, neuf fois sur dix, une bonne lecture de Tintin cache une interminable séance d'orthophonie.

– Comment, professeur ? C'est la pipe du capitaine qui vous sert de cornet acoustique à présent ?

Quand les phrases d'Hergé qu'il a sous les yeux ne le satisfont pas, le père d'Henri sort son grand bloc-notes dans lequel il a écrit une trentaine de phrases modèles dont Henri doit mémoriser la syntaxe.

– L'avion n'a-t-il pas déjà sorti son train d'atterrissage ?

– Je me demande s'il y a assez d'essence dans le réservoir pour aller jusqu'à l'aéroport.

Trente superbes exemples de propositions subordonnées, relatives, de tournure interro-négative, toutes liées aux sujets de prédilection d'Henri. Il connaît d'ailleurs presque toutes les phrases par cœur, mais a tendance à se mélanger les pinceaux.

– Est-ce que l'avion n'a-t-il pas déjà sorti son train d'atterrissage ?

À la troisième erreur consécutive, un grand coup de coude dans les côtes ou une bourrade dans l'épaule le rappelle à l'ordre. Et le langage rentre. Henri maîtrise, avec quelques chaos, un grand nombre de phrases et d'expressions parfaites, parfois légèrement surannées. Il a tellement à cœur de dire ce qu'il convient en chaque circonstance que nous pourrions commencer presque chacune de ses phrases avant lui. Quand il s'aperçoit qu'il pleut, Henri déclare : « Il fait un très mauvais sale temps. » Quand la voiture cahote au milieu des ornières, sur le chemin de terre qui mène de la maison à la voie rapide : « La route est mauvaise ! » Dès que nous arrivons sur la rocade et que la tour de l'hôtel Ivoire est en vue, il s'exclame triomphalement : « Qu'est-ce que je vois ? La tour de l'hôtel Ivoire ! » Et comme cela fait maintenant quatre ans qu'il sait dire ces mots, et que la tour de l'hôtel Ivoire est visible d'au moins quinze endroits différents dès que l'on circule en ville, son père, excédé, décide d'introduire une variante. Ainsi, dès à présent et pour les quatre années à venir, Henri s'exclamera : « Qu'est-ce que j'aperçois ? La tour de l'hôtel Ivoire ! »

Comme Henri a une très bonne mémoire, il pimente le langage appris avec son père par des expressions du capitaine Haddock ou de son propre grand-père, qui s'occupe très souvent de lui pendant ses séjours en France. Lorsqu'il ne trouve pas sa deuxième chaussette, il s'écrie : « Mille milliards de mille sabords ! » ou « Saperlipopette ! » Chaque fois qu'il s'assoit dans le canapé, il soupire : « La terre est basse ! » Il est vrai qu'il met au moins autant de temps que son grand-père à s'asseoir.

Pour les choses, les événements, les sentiments qui ne correspondent à aucune phrase mémorisée, Henri se tait. Il ne dit jamais qu'il a faim, qu'il n'a pas faim, qu'il a soif, qu'il est triste, qu'il s'ennuie, que la journée est passée trop lentement ou trop vite.

Il y a aussi un grand nombre de phrases qu'Henri ne prononce pas parce qu'elles lui sont interdites. Par exemple : « J'ai mal à la tête. » Ou : « Je suis tombé, je me suis cogné. » Henri est tellement tombé dès qu'il a commencé à marcher, il s'est tellement cogné contre les tables, les murs, il s'est tellement pris les pieds dans les pieds des chaises et des tabourets, que son père n'a cessé de le gronder, de lui hurler dessus pour qu'il apprenne à faire plus attention. Ainsi tomber, se cogner sont des fautes qu'il ne faut jamais avouer. Un jour, nous le voyons trébucher dans l'escalier en ciment du jardin et tomber. C'est terrifiant de voir Henri tomber, car il tombe de toute sa hauteur, d'un bloc, comme un arbre qu'on vient de scier.

Il a les genoux, les mains et le nez en sang. Nous l'aidons à se relever, lui demandons où il a mal. Il crie qu'il n'a pas mal. Nous désignons chaque endroit blessé. « Ici, tu as mal ? » À chaque fois, Henri hurle : « Nooon ! », comme si nous avions posé la question la plus stupide qui soit.

Dans le combat mené par son père pour lui et contre lui, presque toutes les victoires dissimulent une défaite.

Henri mange peu et vomit souvent. Il semble que son estomac ne puisse supporter que de petites quantités de nourriture à la fois. Il peut rester très longtemps assis, face à son assiette, les yeux fixés sur un point mystérieux, en hauteur, comme si un ami invisible, dissimulé dans un pli du rideau de la salle à manger, faisait un spectacle rien que pour lui. Si nous mangeons à la cuisine et que le lave-linge est en marche, Henri ne peut détacher ses yeux du tambour. Il pourrait contempler le mouvement du linge derrière le hublot pendant un cycle de lavage entier, si on lui en laissait le loisir. Pour le tirer de sa rêverie, son père lui donne un grand coup dans l'épaule, qui le fait presque tomber de son tabouret. Henri proteste d'un « hééééé ! » tremblant et porte la fourchette à sa bouche.

– Mâche. Avale. Une autre.

La dernière bouchée est toujours la bouchée de trop. Henri devient blanc, sa voix chevrote.

– J'ai un petit peu mal au cœur… mais ça va passer, ajoute-t-il précipitamment.

– Je t'interdis de vomir, dit son père.

– Non, papa, je ne vais pas vomir, ne t-t-t-t-t'inquiète pas, le rassure Henri, tout en se levant et en s'approchant de l'évier.

Son père tape du poing sur la table, les assiettes, verres, couverts tressautent, nous aussi. Penché stratégiquement au-dessus du bac en inox, Henri tente de respirer profondément comme son père le lui a appris. Mais ses inspirations sont de plus en plus courtes, son regard est inquiet, il sait sa défaite proche. Nous faisons cercle autour de lui et lui frottons le dos, en substituant aux menaces paternelles des tentatives de diversion.

– Pense aux dessins animés !

– Pense à Bugs Bunny !

– Ça va mieux ?

– Pense au capitaine Haddock !

– Respire !

– Tu veux chanter la chanson de la trompette ?

Nous l'étouffons sous nos encouragements. Par pure politesse, Henri fait semblant de rire à nos évocations vides. Il réussit à dire :

– Je sens que ça va mieux.

Et l'instant d'après, il rend l'intégralité de son repas dans l'évier, vaincu, enfin soulagé.

Henri n'aime pas la saison des pluies. Outre que le mauvais temps le chagrine, chaque sortie est une épreuve car il ne sait pas enjamber une flaque d'eau. Il regarde la flaque, le visage décomposé. Sauter, il ne sait pas. Lancer la jambe droite est impossible car la gauche ne pourrait seule assurer son équilibre. Lancer la jambe gauche est hasardeux car la distance est trop longue pour avoir un appui stable à l'arrivée. Henri regarde la flaque, il voudrait la contourner mais ses bords se confondent avec d'autres flaques tout aussi grandes. Il lève les yeux vers ma mère et, d'une voix que l'inquiétude fait trembler, il lui demande :

– Andrée, mais comment faire ?

Le dimanche, parfois, nous allons au bord de la mer, à Bassam. Il y a un restaurant qui sert des coquelets délicieux accompagnés de frites. Henri est heureux parce qu'il sait qu'il est en vacances. Il échappe à sa séance de rééducation quasi quotidienne. Surtout, il échappe à celle du dimanche qui est plus longue, plus dure – et la seule qui se déroule au son tonitruant de *La Walkyrie* ou du *Crépuscule des dieux*. Elle est remplacée par une marche pieds nus, les bras dans le dos, le long de la plage, exercice qu'Henri déteste car il déteste sentir ses pieds s'enfoncer dans le sable, et il a constamment peur de perdre l'équilibre. Mais les dimanches de plage se passent en général sans larmes. Pour l'heure, Henri est à table, en maillot de bain, boit du Coca avec délices en picorant quelques frites. Les dimanches à la mer sont aussi les jours où il a le droit de ne pas finir son assiette. Où il a le droit de rire tout son soûl, et même de se secouer un peu sur sa chaise. L'humidité fait boucler ses cheveux châtain clair aux reflets blonds. Sa peau bronze à vue d'œil. Son épaule droite est mince, son épaule gauche squelettique. Mais ses membres sont musclés par les heures de rééducation, et sur son bras gauche, le biceps ressemble à un œuf de caille caché sous la peau. Je regarde son visage, sa bouche charnue, le bord de ses incisives qui dépasse de sa lèvre supérieure. Henri a les dents du haut tellement en avant qu'il peine à fermer les lèvres. Ce qui fait que ses baisers sont invariablement mouillés et peuvent même laisser une petite mare de salive sur la joue. « Ferme la bouche, Henri, fais-moi un baiser sec », ne cesse de lui dire son père. François et moi redoutons les baisers d'Henri. Nous nous essuyons la joue avec force et dégoût. Je regarde ses yeux qui divergent, le gauche vivant sa vie solitaire. Henri a des yeux d'une très grande beauté. Ils sont immenses, d'un vert mêlé de noisette et pailleté d'or. Ses sourcils ont une ligne délicate et parfaite. Quand il est heureux, comme il l'est en cet instant, au restaurant de la plage, son visage est à la fois doux, confiant et illuminé.

J'ai gardé une photo d'Henri prise un dimanche sur cette plage. C'est un enfant magnifique. Chaque fois que je la regarde, je ne vois que sa beauté. Et la joie dans ses yeux est si intense, si limpide qu'elle me pulvérise le cœur.

La plage de Bassam est dangereuse. À quelques mètres du rivage, la vague que l'on appelle la barre est presque infranchissable à l'aller, impossible au retour. François et moi avons appris que l'eau ne devait pas monter plus haut que nos cuisses. Quand la vague se retire, nous perdons l'équilibre.

Si nous avançons encore de quelques centimètres, nous sommes ballottés comme des objets, nos bras et nos jambes partent dans tous les sens, nous ne savons plus où sont le haut et le bas. Nous jouons pendant des heures à nous croire plus forts que la mer, à nous battre avec une arrogance grandissante, et nous nous absorbons tellement dans ce combat contre chaque nouvelle vague que nous en perdons la tête. Un jour, nous franchissons ensemble les cinquante centimètres de trop et nous perdons pied complètement. Nous avons l'impression d'être pris dans un tourbillon qui ne s'arrête jamais, nous ne sentons plus le sable, ne voyons plus le ciel. Juste avant que la panique ne nous prenne, juste avant que le manque d'air ne devienne douloureux, nous sommes attrapés par une main d'homme qui nous sort de l'eau et nous jette sur le sable sans un mot. Nous avons tellement honte que nous ne disons pas merci. Personne n'a rien vu. Henri et son père sont partis marcher, notre mère lit. Nous retournons nous asseoir, penauds, feignant d'être soudain lassés de notre baignade. Et nous n'échangeons pas un mot.

Quand nous avons passé la journée à la plage, François et moi avons du mal à nous endormir le soir. Nous sommes immobiles, chacun dans notre lit, et il nous semble que notre corps continue de chavirer dans un sens, dans l'autre, comme si ce mouvement en nous ne devait plus jamais s'arrêter.

J'ai instauré un rituel du soir. Lorsque François et Henri se couchent, je viens leur dire bonsoir. Je suis envahie d'une sorte de toute-puissance maternelle et je me regarde faire, éprise du sentiment que j'éprouve soudain pour eux. Je vais d'abord vers François, m'assois sur son lit et l'embrasse doucement sur chaque joue et sur le front. Si un baiser ne me paraît pas assez tendre, je recommence. Puis je vais m'asseoir sur le lit d'Henri. Henri me regarde, les yeux brillants. Il veut m'embrasser, lui aussi. Mais je ne veux pas de son baiser mouillé. Alors, tendrement et impitoyablement, je pose le drap sur ses lèvres, comme un bâillon, et j'embrasse son front et ses joues, toujours dans le même ordre.

La période dite d'essai est terminée. À la rentrée, François est inscrit en cours élémentaire dans une école privée, fréquentée à la fois par des enfants ivoiriens et des enfants d'expatriés. Pour la première fois de sa vie, Henri ira lui aussi à l'école, mais en grande section de maternelle. Il est convenu que François surveillera un peu son nouveau frère pendant les récréations. Mais dès le jour de la rentrée, il s'avère que ce n'est pas d'une surveillance qu'Henri a besoin, c'est d'une protection rapprochée. D'un garde du corps. Henri est houspillé, bousculé, attaqué, moqué, frappé par des enfants de cinq ans, de quatre ans, de trois ans. Quand il ne tombe pas tout seul, ils le poussent ou lui font des croche-pieds.

Face aux attaques et aux quolibets, Henri ne sait se défendre autrement qu'en levant lentement une main menaçante au-dessus de sa tête, et cette main ne descend jamais : « Attention ! crie-t-il. Méfie-toi !! » Voudrait-il frapper à son tour qu'il n'atteindrait jamais sa cible, les autres enfants sont tellement plus rapides. Ainsi, à chaque récréation, Henri ressemble à un épouvantail dans une tempête, entouré d'une volée de moineaux rieurs qui ont percé son secret et, le sachant inoffensif, se vengent… mais de quoi ? Au bout de trois semaines, c'est François qui supplie qu'on retire Henri de l'école. Il n'a jamais le temps de jouer, ni de se faire des amis, toutes ses récréations sont entièrement occupées à la défense d'Henri. Alors Henri retrouve la maison, son rythme de vie paisible, ses heures de rééducation, auxquelles s'ajoutent les leçons patientes que lui donne ma mère. En deux ans, il apprend à lire.

À sa naissance, il s'appelle Joseph.

Joseph a un peu plus de six mois. Il vient de se réveiller de sa sieste, le soleil d'avril est entré dans la chambre. Il regarde autour de lui, ce n'est pas la même chambre qu'hier, mais il est habitué à changer de chambre. Il y a deux chambres dans sa vie : le compartiment de train, qui est toujours le même, et dans lequel il est seul avec sa mère et quelques personnes inconnues, qui parfois avancent vers lui un doigt énorme pour lui chatouiller le cou. Et l'autre chambre, qui est chaque fois différente, et où le lit, la fenêtre et la porte ne sont jamais à la même place. Dans celle-ci, ils habitent à trois avec son père, qui est un géant.

Joseph regarde la porte et attend que sa mère apparaisse. Comme elle n'apparaît pas, il va voir à quatre pattes si elle est derrière. Il y a un couloir. Les doigts de Joseph sont si petits qu'ils pourraient presque se coincer dans les interstices du parquet. Il essaie d'attraper les yeux sombres dans les dessins du bois, mais ils se dérobent. Il avance silencieusement jusqu'à l'escalier, il lui semble entendre la voix de sa mère, en bas. Joseph pose une main sur la première marche, et c'est en voulant poser la deuxième qu'il perd l'équilibre. Il bascule, la tête en avant, et puis il roule, bong, bong, bong, bong, jusqu'en bas. Cet escalier est interminable. C'est aussi ce que pensent les adultes qui viennent de comprendre d'où vient ce bruit et savent, tout en se précipitant, qu'ils arrivent trop tard.

Joseph est en bas des marches. Il est étonné. La tête lui tourne un peu. Il s'assoit sur les fesses. La première chose qu'il voit, c'est le visage d'un homme au regard à la fois doux et perçant. Joseph connaît ce visage. Tout de suite il cherche des yeux les mains de cet homme, car souvent elles dissimulent des cartes à jouer qu'elles déroulent en guirlande. Parfois aussi elles sont entourées par des objets fascinants qui lancent des éclairs de lumière et font mille cliquetis. Mais aujourd'hui les mains de l'homme sont nues, et Joseph pousse un petit cri de désappointement. L'homme lui caresse doucement la joue. Joseph l'interroge du regard. C'est à cet instant que sa mère apparaît, l'examine, le palpe, lui parle, le soulève délicatement et le serre trop fort contre elle. La voix de l'homme dit :

– *That sure was a buster.*

Dans le monde du spectacle, *a buster*, c'est une chute, une chute spectaculaire. Joseph ne le sait pas encore, mais il vient de changer de nom. À partir de ce jour d'avril 1896, plus personne ne l'appellera jamais Joseph, ni ses parents, ni ses frère et sœur à venir, ni ses futurs compagnons de travail, ses amis, ses compagnes. Désormais il s'appellera Buster. Et sa vie sera placée sous le signe de la chute, de la chute spectaculaire. Toute sa vie, il fera des chutes. Il deviendra une sorte de spécialiste mondial de la chute. Et les gens l'aimeront pour cela.

L'escalier dans lequel est tombé Joseph est celui d'une petite pension, quelque part dans le Kansas. L'homme au regard doux et perçant qui l'accueille et le baptise au bas des marches s'appelait autrefois Ehrich Weiss, mais il a changé de nom, lui aussi, il y a quelques années. Il a choisi de s'appeler Harry Houdini, car il se veut le successeur de l'illustre magicien Robert Houdin.

Joe et Myra Keaton, parents de Joseph, et Harry et Bess Houdini se sont rencontrés pendant la tournée d'un *medicine show*, et sont devenus amis. Les *medicine shows* sont alors des spectacles itinérants très répandus. Ils tirent leurs bénéfices de remèdes miracles dont ils vantent outrageusement les mérites. Les numéros d'hercules, d'acrobates et de magiciens s'y succèdent, sous les applaudissements ou les rires narquois, selon le degré d'hospitalité des autochtones. Harry Houdini n'est pas encore « The Handcuff King », mais pour faire connaître ses talents, il n'hésite pas à frapper aux portes des postes de police et à demander qu'on le menotte. Il se libère en quelques minutes. Le bouche-à-oreille qui suit lui fait une publicité très efficace.

Joe Keaton, lui, n'est ni un magicien ni tout à fait un hercule, mais il possède un talent dont il est très fier : il peut, d'un coup de pied, faire voler le chapeau de n'importe quel type en face de lui, sans le blesser. Souplesse, rapidité, précision, aucun chapeau ne lui résiste. Il est le meilleur donneur de coups de pied en l'air des États-Unis. Il lui arrive, bien sûr, de temps en temps, d'assommer quelqu'un, mais en règle générale, c'est parce qu'il l'a désiré. Ce qui n'est pas rare. Muni de ce précieux talent, il a quitté à l'âge de vingt-cinq ans le moulin familial, dans l'Indiana, pour aller chercher fortune. Il croit en sa bonne étoile. Il considère surtout que sa bonne étoile n'a pas le choix.

Un jour de 1893, dans l'Oklahoma, sa route croise celle du *medicine show* de Franck Cutler. Joe se fait embaucher comme *eccentric dancer*, bonimenteur et homme à tout faire. Myra, la fille de Franck Cutler, fait partie du spectacle. Elle joue de la contrebasse et du cornet à pistons. Ce n'est pas une petite nature. Elle ne craint ni la compagnie des hommes ni les hommes ombrageux, et Joe Keaton, qui lui fait une cour assidue, lui plaît beaucoup. Cette idylle irrite profondément Franck Cutler. Joe n'est pas du tout le genre de parti qu'il imagine pour sa fille. Il s'empresse de les séparer en envoyant Myra en pension chez des parents, dans le Nebraska. Mais Myra s'enfuit et retrouve son Joe. Ils sont si pauvres qu'ils ne possèdent pas les deux dollars que leur demande le juge de paix pour les marier. Comme c'est un brave homme, il accepte de les unir quand même.

La Cutler Comedy Company leur étant désormais interdite, Myra et Joe trouvent du travail dans d'autres *medicine shows*. Ils mènent une vie éreintante pour trois fois rien. Myra ne s'arrête de travailler que quelques jours à la naissance de Joseph. Elle prend le train avec le bébé pour se rendre d'une ville à l'autre. Joe voyage à pied. Il monte et démonte des tentes à longueur de semaine, harangue les populations et assure aussi le service d'ordre. Il est censé protéger la troupe contre les agressions éventuelles de certains spectateurs. Mais il a tendance à envenimer les conflits, qu'il résout ensuite à sa manière, directe, expéditive : le chapeau et la tête avec. Il rêve d'une autre vie. Comme son ami Houdini, il rêve d'engagements dans des théâtres new-yorkais. Ce que Joe désire, c'est se faire un nom dans le *vaudeville*, ce genre qui vient de naître, qui porte un nom français – tandis que les Français disent *music-hall* –, et qui mêle la comédie, la musique, la danse, le jonglage, l'illusionnisme, l'acrobatie, les puces sauteuses… Tout est possible dans le vaudeville. Dans le numéro qu'il a inventé, Joe, lui, casse des chaises, et quand toutes les chaises sont cassées, sa femme apporte la touche finale, musicale.

C'est en novembre 1899 que Joe et Myra tentent leur chance à New York. La date n'est pas très bien choisie car la saison est déjà bouclée, et il est très difficile de trouver le moindre engagement. Cela laisse le temps à Joe de modifier avantageusement son numéro et de transformer « L'homme qui cassait des chaises » en « Un homme et une table », d'une teneur plus subtile. Myra l'accompagne au saxophone – un instrument que Joe vient de lui offrir, faisant d'elle, paraît-il, la première femme saxophoniste des États-Unis – et se fait enlever son chapeau d'un coup de pied, à la fin. Voilà. Cela peut paraître modeste, mais le numéro doit avoir son charme puisqu'il leur vaut d'être engagés par un premier producteur de vaudeville, puis par un second, dans un théâtre plus grand. Ils emmènent ensuite leur numéro en tournée tout autour de New York.

Buster voit sa mère jouer du saxophone, son père faire des acrobaties très drôles avec une table, et il n'a qu'une envie : s'amuser avec eux. Régulièrement, il fait irruption sur scène en pleine représentation et ses parents sont obligés d'interrompre le spectacle pour le ramener en coulisses.

Comme il est encore tout petit, ils ont d'abord l'idée de le mettre dans une malle pendant qu'ils jouent, mais un soir, quelqu'un claque le couvercle par mégarde et il manque de mourir étouffé. Alors ils l'attachent à un poteau. Et puis un jour, ils se disent : Autant qu'il fasse partie du spectacle. C'est la meilleure façon d'avoir l'œil sur lui.

Son premier rôle est celui d'une chose. Joe, son père, considère cette chose, la soulève d'une main pour mieux l'examiner, puis la laisse retomber par terre. La chose ne bronche pas. Alors Joe attrape de nouveau la chose et la jette dans le décor. La chose revient. Cette chose est bien résistante, se dit Joe. Cette fois il la lance dans les coulisses. On entend un grand bruit. Puis, plus rien. Joe retourne à ses occupations, mais voilà que la chose revient.

Quoi ? Encore cette chose ?! Pour la chasser, Joe se saisit d'un balai. Mais la chose s'accroche au balai, impossible de l'en détacher. Alors Joe se sert de la chose comme d'une serpillière et frotte le plancher de la scène avec. Puis, excédé, il la balance dans la fosse d'orchestre. Elle atterrit dans la grosse caisse.

Buster adore ça. Il s'amuse énormément. Il ne se fait jamais vraiment mal, ou alors il ne s'en rend pas compte. Il se retient de rire. Une chose ne rit pas. Et il a bien remarqué que plus il a l'air d'une chose, plus ce sont les spectateurs qui rient.

Son père aussi l'a remarqué et dès qu'il voit un début de sourire se dessiner sur son visage, il lui chuchote aussitôt : « Le masque ! »

Au bout de quelques semaines, Buster devient la vedette du spectacle intitulé *Les Trois Keaton*. Son père a très vite l'idée de lui attacher une poignée dans le dos. Il ne cesse d'améliorer la précision et la puissance de ses lancers. Son bras double de volume.

Buster se perfectionne, lui aussi. Il devient chaque jour un meilleur projectile. Le contrôle de son corps, son aptitude à se protéger deviennent un sixième sens, et il développe spontanément une faculté d'autohypnose qui le protège de la douleur.

Très vite, le thème du spectacle devient : comment élever un enfant récalcitrant. Joe prodigue aux spectateurs les conseils d'un père avisé, et Buster ne cesse de l'interrompre et de le tourner en ridicule. L'enfant est de plus en plus insolent, de plus en plus récalcitrant, et le père obligé de prendre des mesures de plus en plus radicales pour garder la face. Buster est alors jeté dans les airs, dans toutes les directions. Il termine toujours le spectacle par un atterrissage dans la fosse d'orchestre, au milieu des percussions. Le public n'en revient pas de le voir, chaque fois, se relever indemne.

Les Trois Keaton accèdent à une vraie célébrité. Buster fait doubler, puis quadrupler le cachet de ses parents. Ses noms de scène sont « The Little Boy Who Can't Be Damaged » et « The Human Mop » – la serpillière humaine. Le vaudeville new-yorkais n'a jamais connu de numéro aussi violent. Personne n'a jamais vu un enfant traité de cette façon. Personne n'a jamais vu, non plus, un enfant traiter son père de cette façon. Car le spectacle devient peu à peu un duel hilarant et sans merci.

L'arme principale de Buster est un grand élastique à l'extrémité duquel est attaché un ballon de basket. Debout sur une table, Buster fait tournoyer le ballon pendant que son père, qui lui tourne le dos, s'apprête à se raser devant un miroir. Joe approche lentement le rasoir de son cou, tandis que le ballon, à chaque passage, se rapproche dangereusement de sa nuque. À l'instant où Joe commence à se raser, le ballon le frappe brutalement et projette son visage contre le miroir. Buster apprend aussi à manier le balai, et ses coups deviennent bientôt si puissants que Joe prend l'habitude de porter une protection d'acier sous sa perruque de scène.

Forcément des accidents se produisent, mais ils sont peu fréquents, surtout si l'on considère que Joe n'est pas toujours parfaitement sobre à l'heure de la représentation. Un jour, il assomme son fils d'un de ses fameux coups de pied. Buster reste dix-huit heures inconscient. (C'est un des épisodes qu'il racontera avec le plus de fierté, mais en précisant que le choc qui lui a fait perdre connaissance est celui de sa tête contre le sol, et non celui du pied de Joe contre sa tête.) Un autre jour, Joe jette Buster dans le décor en oubliant que derrière le carton peint se cache un mur de brique. Une autre fois, c'est son casque que Joe oublie, et Buster le met littéralement K.O. d'un coup de balai.

Parfois le public court lui aussi certains risques. Un soir, deux spectateurs osent se moquer à voix haute du solo de saxophone de Myra. Joe voit rouge, ses mains cherchent un projectile, trouvent Buster. Il saisit fermement la poignée de valise sous la veste de son fils, et le lance de toutes ses forces sur les deux perturbateurs. Ce sont les pieds de Buster qui arrivent d'abord. Ils brisent trois côtes chez l'un, deux dents chez l'autre. L'honneur de Myra est vengé.

Buster n'a pas tout à fait six ans. Régulièrement, des sortes de policiers l'emmènent dans des locaux de la mairie de New York. Il commence à bien connaître le chemin. Il lui arrive même de reconnaître certains employés qu'il croise dans les couloirs, il les salue très poliment. On le conduit jusqu'à un petit bureau. Là, on le déshabille et on l'examine sous toutes les coutures. Une main palpe son crâne à la recherche de bosses. On écarte ses cheveux à la recherche d'une cicatrice dans le cuir chevelu. On lui demande de s'asseoir sur une table glacée et d'ouvrir la bouche. On inspecte ses dents.

– Décale-toi un peu, mets-toi dans la lumière.

Buster a le soleil dans l'œil et fait la grimace.

– Tu as mal à l'œil ?

– Non, madame.

– Ferme ton œil. Ouvre-le. Encore.

Buster obéit exagérément.

– Descends de la table, maintenant. Monte sur cette chaise.

Buster grimpe sur la chaise et l'inspection continue.

– Est-ce que tu t'es blessé, récemment ?
– Non, monsieur.
– Ou simplement cogné ?
– Non, madame.
– Quel âge as-tu ?
– Huit ans.
– Rhabille-toi.

Ces inspecteurs sont des membres de la Society for the Prevention of Cruelty to Children, plus familièrement connue sous le nom de Gerry Society, d'après celui de son fondateur Elbridge T. Gerry. Leur mission est de faire respecter les lois sur le travail des mineurs, et bien qu'ils aient fort à faire dans les rues de New York et dans les caves qui abritent des ateliers de misère, les théâtres font partie de leurs priorités. La loi interdit la présence d'un enfant sur scène avant l'âge de sept ans. Et pour pouvoir chanter, danser, faire la moindre pirouette ou dire ne serait-ce qu'une ligne de texte, il faut avoir seize ans. Les premiers succès de Buster sonnent le début d'une immense partie de cache-cache qui durera neuf ans, et au cours de laquelle Joe, avec la complicité des directeurs de théâtre, usera des arguments et des subterfuges les plus variés.

Pour la presse, lors de ses premières apparitions officielles, Buster est âgé de sept ans au lieu de cinq. Joe, qui n'a peur de rien, précise que son fils n'accomplit aucune prestation puisqu'il est un simple accessoire. Parallèlement, le déguisement qu'il fait régulièrement porter à Buster, et qui est une réplique du sien – une caricature d'Irlandais, avec faux crâne, fausse barbe rousse et costume trois pièces –, aide à faire courir le bruit que Buster n'est pas un enfant mais un nain. C'est absurde puisque le très jeune âge de Buster est l'un des meilleurs arguments de promotion du spectacle, mais ce qui importe, c'est de créer de la confusion et de gagner du temps. Aussi, sur chaque photo publicitaire, Buster pose-t-il toujours en costume de ville, avec chapeau melon et canne.

Lorsqu'un jour, un inspecteur de la Gerry demande à un employé du théâtre, en désignant Buster : « Mais quel âge a-t-il ? » Celui-ci répond, en montrant Myra : « Je ne sais pas, demandez à sa femme… »

Les Keaton sont toujours prévenus quand il y a un inspecteur dans la salle, et c'est alors une tout autre représentation qui est donnée, mais le lendemain soir, devant une salle médusée, la castagne reprend de plus belle.

Pourtant, étrangement, chaque fois que Buster est emmené, déshabillé, examiné, on ne trouve sur lui aucune trace de blessure.

Un matin, à l'époque où ses parents tournaient encore dans les *medicine shows*, Buster jouait tranquillement dans l'arrière-cour d'une pension, lorsqu'il vit une dame remplir de linge une grande essoreuse et la mettre en marche. Dès que la dame eut le dos tourné, Buster s'approcha. Fasciné, il ne put s'empêcher d'avancer son index pour toucher la ligne mouvante du ruban de caoutchouc, et se fit happer le doigt. On l'emmena à la hâte chez un docteur qui n'eut d'autre solution que de lui raccourcir l'index. L'après-midi du même jour, Buster était de nouveau dans le jardin. Il ne pensait plus tellement à son doigt, il avait envie d'attraper une jolie pêche au bout d'une branche qu'il ne pouvait atteindre. Il prit une brique et la lança le plus haut qu'il put pour faire tomber la pêche. La brique retomba sur sa tête, et il fallut une fois de plus l'emmener chez le docteur pour lui faire faire trois points de suture. Afin qu'il se repose de ses émotions et ne risque pas de faire d'autre bêtise, on le coucha dans une chambre. Au bout d'un moment, il entendit un son étrange venant du dehors. C'était un grondement sourd, qui bientôt se mua en un sifflement assourdissant. Buster se leva de son lit, marcha jusqu'à la fenêtre ouverte et se fit enlever par une tornade qui le promena dans la rue, comme un fétu de paille, jusqu'à ce qu'un passant réussisse à l'attraper au vol.

Joe Keaton aime tellement raconter cette journée terrible qu'on peut le soupçonner d'en avoir inventé la troisième péripétie. N'a-t-il pas affirmé parfois que Piqua, la ville où Buster était né, avait été rayée de la carte par un cyclone juste après sa naissance ?

Était-ce vraiment Houdini qui était là, au bas de l'escalier, pour donner son nom à Buster, ou un autre membre de la troupe ? Buster avait-il six mois ou dix-huit mois quand il a fait cette chute ? Quelle importance puisque Houdini était dans les parages, que l'escalier était très haut et le bébé indemne. Joe Keaton sait la valeur d'une bonne histoire, et il sait que les légendes servent à mettre en valeur la vérité en dégageant l'essentiel du tissu parfois peu lisible de l'existence.

La famille Keaton s'agrandit. En 1904 naît un garçon, prénommé Harry comme Houdini. Et deux ans plus tard, une petite fille, prénommée Louise Dresser en l'honneur de l'actrice Louise Dresser, grande amie de la famille. Dès qu'il le peut, Joe les inclut dans le spectacle, mais avec prudence, et jamais sur les scènes new-yorkaises où la Gerry est à l'affût. Cependant les Trois Keaton s'appellent désormais les Cinq Keaton, et Joe s'occupe infatigablement de la promotion de la troupe et de la légende keatonienne, distillant pour les journaux une longue suite d'événements sensationnels. Ce n'est pas seulement Buster qui est indestructible, c'est la famille tout entière. La malchance poursuit les Keaton, mais leur bonne étoile veille. Les trains qu'ils prennent ont tendance à dérailler, les hôtels où ils dorment prennent feu régulièrement. Le landau de Harry traverse la rue tout seul sans qu'aucune voiture vienne le renverser. La petite Louise Dresser, encore bébé, passe à travers une fenêtre et atterrit dans la cour sans se blesser. Et tout fait spectacle.

Au cours d'une période anormalement calme, Joe, désespéré d'être à court d'histoires, organise un faux enlèvement de Harry, qui tourne mal car les ravisseurs qu'il a lui-même embauchés sont pris en chasse par des passants.

Lorsque les Keaton sont en vacances, l'été, au bord du lac Michigan, en compagnie d'autres acteurs de vaudeville, Buster, Harry et Louise ont toujours un numéro prêt pour d'éventuels spectateurs, lesquels ne savent même pas qu'ils assistent à une sorte de représentation. L'un des numéros préférés de Buster consiste à jeter son frère et sa sœur par la fenêtre du premier étage avant de feindre d'être lui-même défenestré. Ainsi des vacanciers qui passent tranquillement en barque aux abords de la maison des Keaton voient-ils soudain des ustensiles de cuisine jaillir d'une fenêtre, puis des enfants, un, deux, trois, le troisième, plus âgé, battant désespérément des bras avant de tomber comme une pierre. De leur barque, les spectateurs ne peuvent voir le monticule de sable sur lequel les enfants ont atterri.

Au bout de quelques années, Joe ne peut plus jeter Buster dans les airs. Le numéro n'en devient pas moins brutal pour autant. Au contraire. Les balais tournoient comme des frondes. Les deux adversaires se pourchassent, bondissent sur des tables, des chaises, Myra fait mine de vouloir les séparer en évitant de se faire assommer au passage. Les accessoires, balais, chaises, sont pulvérisés. Buster et son père prennent également l'habitude de régler sur scène leurs conflits de tous les jours. Joe voudrait réellement recouvrer son autorité sur cet enfant récalcitrant, et Buster lui échappe pour de bon. Ce n'est pourtant pas un garçon révolté. Son principal acte de rébellion est de fumer la pipe en cachette. Et cela rend son père fou. Le soir, sur scène, Buster sait tout de suite si Joe a fouillé dans ses poches ou pas, et si c'est oui, il n'a plus qu'à mettre toute son énergie et son ingéniosité dans l'esquive, car les coups et les croche-pieds lui sont réellement destinés.

En 1907, Buster a douze ans. Officiellement, il en a quatorze, car la fausse date de naissance donnée à la presse lors de ses débuts n'a jamais été rectifiée. Cela fait sept ans qu'il fait vivre toute sa famille assez confortablement. Son père a été arrêté de nombreuses fois, il a payé un grand nombre d'amendes, mais la Gerry Society n'a finalement jamais empêché les Keaton de tenir le haut de l'affiche. 1907 est l'année où elle prend sa revanche. Et ce sont trois malheureux petits pas de danse de Louise, âgée de un an, qui changent le destin de la famille, au cours d'une soirée qui ressemble à un piège. Le directeur du Grand Opera House, à New York, demande à Joe s'il veut bien participer à une soirée de bienfaisance dont les bénéfices iront aux enfants pauvres de la ville. C'est Thanksgiving, les chanteurs, les musiciens, les acteurs jouent tous gratuitement ce soir-là. Et le directeur insiste pour que les Keaton soient au complet, il leur promet que la Gerry Society ne s'en mêlera pas. Le lendemain, Joe est arrêté, et les Keaton sont bannis des scènes new-yorkaises pour deux ans… jusqu'aux seize ans – présumés – de Buster.

Il leur faut reprendre la route, quémander des engagements, accepter des cachets beaucoup plus bas… Joe a le sentiment d'être renvoyé dix ans en arrière. Son tempérament s'aigrit, sa consommation d'alcool augmente. Un peu avant la fin de l'exil, il reçoit une excellente proposition d'un grand théâtre londonien, mais ce voyage est une catastrophe. Sur le bateau, avant même d'avoir quitté le port, Joe improvise un petit spectacle en organisant la vente aux enchères de Louise. « Combien me donnez-vous pour cette petite orpheline ? Regardez-la, elle est charmante, et en excellente santé ! » Cela ne fait rire que sa famille. Les voyageurs outrés manquent de le jeter par-dessus bord. Pendant tout le trajet, Joe ne peut faire un pas sur le pont sans être montré du doigt. À Londres, pour la première fois de leur vie, Buster et lui jouent dans un silence glacé du début à la fin. Une fois le rideau baissé, le directeur du théâtre demande à Joe en toussotant si Buster est un enfant adopté, tant il lui semble impossible de traiter son propre fils de la sorte.

Dans le même théâtre d'autres artistes se produisent, que Buster trouve passionnants. Joe les juge sans intérêt. Il hait l'Angleterre tout entière. Même la bière lui paraît exécrable. Il ne vit que pour le grand retour des Keaton à New York. Quand ce jour arrive enfin, il fait annoncer dans les journaux, en gros caractères : BUSTER A SEIZE ANS ! Mais les années qui suivent ne sont pas aussi heureuses que les précédentes. Joe se fâche avec trop de gens, et en particulier avec ceux qu'il devrait ménager. Martin Beck, grand manitou du vaudeville, devient son ennemi personnel et se met à le harceler moralement, lui infligeant toutes sortes d'humiliations, obligeant les Trois Keaton à jouer en première partie d'artistes moins réputés qu'eux, réduisant la durée de leur prestation... Joe boit davantage encore. Bientôt il n'est plus jamais sobre quand il joue. Buster reste à ses côtés le plus longtemps qu'il peut. Mais leur spectacle demande une précision et une rapidité dont son père n'est plus capable, et cela rend chaque représentation extrêmement dangereuse. Un jour de 1917, tandis qu'ils jouent à San Francisco, Buster prend la décision de quitter le spectacle. Il en fait part à sa mère, qui l'approuve. D'ailleurs, elle aussi en a assez et décide de s'en aller également. Ils quittent la ville sans même laisser une lettre à Joe.

Quand Joe rentre du bar où il a passé la journée, il n'a plus de fils, plus de femme, plus de travail. Il part pour le Michigan, il pense que Myra est dans leur maison de Muskegon, au bord du lac. Elle est effectivement là, assise dans son rocking-chair, sous la véranda. Il la supplie de ne pas le quitter. Elle répond : « D'accord, je reste. »

Buster a pris le train pour New York. Au bout de quelques jours, il décroche un engagement dans une comédie musicale. Il a vingt et un ans. Il a toujours une poignée dans le dos, une poignée invisible, et c'est lui-même désormais qui se jettera dans les airs, dans le flot d'une cascade, du haut d'un immeuble, à travers un ouragan, sur une locomotive, à la poursuite de sa fiancée.

– Mais comment faire pour ne pas cligner des yeux *avant* que le sac de farine m'arrive dans la figure ? demande Buster Keaton.

– C'est très simple, répond Roscoe Arbuckle. Tu regardes ailleurs. Quand je te le dirai, tu tourneras la tête et il sera là.

« Il sera là » signifie : le sac sera là, dans ta figure. Malgré ses cent vingt kilos, Roscoe surnommé Fatty Arbuckle est un homme extrêmement agile. Il est rapide, précis, léger, et son bras est aussi puissant que celui de Joe Keaton à l'époque où il lançait son fils d'un bout à l'autre du décor. La scène se passe très bien. Buster tourne la tête pile à la seconde où le sac de farine lui arrive en plein visage. Et sa tête se retrouve là où étaient ses pieds l'instant d'avant.

C'est son premier jour de tournage, il est arrivé là presque par hasard. C'est un ami, rencontré la veille, près de Times Square, qui lui a dit : « Je travaille pour Joseph Schenck qui produit les comédies d'Arbuckle, tu n'as qu'à passer nous voir. » Sans s'être rencontrés, Keaton et Arbuckle se connaissent déjà. Keaton a vu des films d'Arbuckle. Arbuckle, lui, est un fan des Trois Keaton.

– Il y a un rôle pour toi si ça te dit, lui propose-t-il sans préambule, juste après lui avoir serré la main.

Buster commence par refuser. Arbuckle le fixe un moment de ses yeux bleus, puis il se tourne vers son équipe et annonce vingt minutes de pause. Il prend Buster par le bras et lui fait faire le tour du propriétaire. Il lui montre les caméras, les projecteurs, la salle de montage. Il lui dit : « Ici, tu vois, je fais ce que je veux. » La visite est à peine terminée que Buster a changé d'avis. Il trouve dans la réserve de costumes un pantalon trop large et un drôle de chapeau plat.

– Bien. Tu es le client qui vient m'acheter un seau de mélasse, dit Arbuckle. Tu te souviens : d'abord c'est ton chapeau que tu ne peux plus décoller de ta tête. Ensuite, ce sont tes pieds que tu ne peux plus décoller du sol.

Ils n'ont besoin que d'une seule prise et passent à la scène suivante. L'aisance de Keaton est sidérante, son élégance aussi, dès les premiers instants, quand il entre dans le magasin et commence par jouer nonchalamment avec les balais.

– On dirait qu'il fait cela depuis sa naissance, s'étonne Al St. John, qui est à la fois le neveu et le principal partenaire d'Arbuckle.

– Il fait cela depuis sa naissance, répond Arbuckle.

À la fin de la journée, une seule question préoccupe Buster Keaton : Arbuckle serait-il d'accord pour qu'il lui emprunte une de ses caméras et la lui rapporte le lendemain matin ? Il a l'intention de la démonter et de la remonter entièrement pendant la nuit. Il veut savoir exactement comment fonctionne l'objet dont il pressent qu'il va changer sa vie. Arbuckle accepte. La seule question qui le préoccupe, lui, c'est de savoir si Keaton sera sur le plateau demain, le jour suivant, le jour d'après.

C'est ainsi qu'ils tournent ensemble *The Butcher Boy* et que, pour la première fois, une caméra enregistre l'une des chutes spectaculaires de Keaton. Projeté à travers une pièce par un violent coup de pied d'Arbuckle, il tombe sur le dos, ses jambes et son torse montent à la verticale, et il fait un tour complet sur la tête. Cette chute, qui est l'une de ses préférées et peut-être la plus spectaculaire de toutes, donne invariablement au spectateur l'impression que le personnage est en train de se rompre le cou.

Le tournage de *The Butcher Boy* terminé, ils enchaînent tout de suite avec *The Roughhouse*, puis *His Wedding Night* et une dizaine d'autres films encore. Les titres ont peu d'importance, *The Butcher Boy (Fatty boucher)* pourrait tout aussi bien s'appeler *Fatty au pensionnat de jeunes filles*. Les scénarios bifurquent avec allégresse, à la même vitesse que les projectiles ou les personnages qui traversent le décor. Leur ligne, sans jamais perdre une certaine logique, fait songer au parcours d'une sauterelle dans un pré. Au cours du même film, les personnages peuvent être amenés à changer de métier, les ennemis jurés à devenir des alliés en quelques secondes, comme dans les jeux qu'inventent les enfants. L'essentiel est qu'il y ait beaucoup de poursuites, beaucoup de bagarres à l'aide d'objets divers, et qu'Arbuckle gagne le cœur de la jeune fille, quand il y a une jeune fille, car c'est lui le héros.

Quelques jours après l'arrivée de Buster, les voisines se plaignent. En effet cet immeuble de la 48e Rue Est n'abrite pas seulement le studio *Comique* – qu'Arbuckle prononce fièrement *Kemiky*. Au premier étage, on tourne les drames dans lesquels joue Norma Talmadge, vingt-deux ans, l'épouse de Joseph Schenck. Et au deuxième, les films de sa petite sœur Constance, étoile montante depuis qu'elle s'est fait remarquer dans *Intolérance* de Griffith. Natalie, la benjamine, qui espère devenir un jour actrice elle aussi, travaille au troisième étage avec les fous de *Kemiky*. Officiellement, elle est scripte, mais comme il n'y a jamais de scénario, elle passe presque tout son temps à répondre au courrier des admiratrices d'Arbuckle. Au quatrième étage se trouve le réfectoire. Personne n'aime y déjeuner en même temps que l'équipe d'Arbuckle parce que Keaton et St. John répètent au cours des repas.

Même s'il s'agit de films muets, il est impossible de tourner des drames au son des cavalcades et des fracas. Norma proteste vigoureusement auprès de son mari. « Daddy, lui dit-elle (car elle l'appelle Daddy), cela ne peut plus durer. » « Yes, Child », lui répond-il, car il l'appelle Child. Joseph Schenck reloge Arbuckle et son équipe dans un immeuble du Bronx puis, comme ils ont besoin d'espace, il les envoie en Californie. Natalie part avec eux.

Joe Keaton ne cesse de dire combien il déteste le cinéma. Il le méprise. Il trouve cela ridicule, dégradant. Quelqu'un lui a proposé un jour de filmer l'un de ses spectacles, il a refusé tout net. On se tue à mettre au point de bons numéros de vaudeville, tout cela pour ressembler à des pantins qui s'agitent sur un drap sale, non merci. Ce sont ses propres mots. Pourtant, quelques mois à peine après la dissolution des Trois Keaton, lorsque son fils lui propose de jouer dans les films de son ami Arbuckle, il se laisse convaincre. Les ennuis commencent dès le premier tournage. Joe est censé administrer un grand coup de pied au cul à Buster. À la cinquième prise, Arbuckle, patient, explique de nouveau à Joe qu'il faut qu'il utilise son pied droit, sinon ce n'est pas le bon angle par rapport à la caméra.

– Je botte le cul de ce garçon depuis qu'il est né, ce n'est pas vous qui allez m'apprendre à le faire ! rétorque Joe, outré.

La réplique plaît tellement à Buster qu'il se promet de s'en servir un jour.

En 1918, après les tournages de *Good Night, Nurse !* et de *The Cook*, Keaton est mobilisé et part pour la France, mais il n'est jamais envoyé au front. Il souffre d'une grave infection à l'oreille, qui le rend à moitié sourd, et passe plusieurs mois dans la région d'Amiens à faire des spectacles pour les soldats. Pendant ce temps, Joe travaille dans une usine d'armement dans le Michigan. Il est chargé de conditionner des obus. Sur chacun d'eux, avant de l'enfermer dans sa caisse, il écrit à la craie *De la part de Buster.*

Quand Keaton est démobilisé, l'une des toutes premières personnes à prendre de ses nouvelles est Joseph Schenck. Il lui rend visite, s'alarme de sa maigreur et de son mauvais état physique, et aussitôt lui donne le contenu de son portefeuille. Il a par ailleurs une importante proposition à lui faire : la création des Studios Keaton. Il lui offre l'opportunité de réaliser ses propres courts-métrages, avec une totale liberté artistique.

Arbuckle, de son côté, vient de signer un engagement avec la Paramount pour une série de longs-métrages. Les deux amis tournent encore trois films ensemble et se disent au revoir. Schenck annonce à Keaton qu'il vient de racheter pour lui les anciens studios de Chaplin.

Keaton est si mécontent de son premier film, *The High Sign*, qu'il demande à Schenck de ne pas le livrer au distributeur. Il prend des vacances, va rejoindre Arbuckle et en profite pour jouer un tout petit rôle dans son film, celui d'un Indien au milieu d'une bataille. Abattu dans le dos en pleine course, il rebondit sur les rochers et meurt.

Dans ses propres films, Roscoe Arbuckle ne s'appelle jamais Fatty, ce surnom n'apparaît dans aucun titre. Les gens qui travaillent avec lui ne l'appellent jamais Fatty non plus. Si ce nom reste collé à son personnage, ainsi qu'à sa personne, c'est à cause de son premier producteur qui fit de lui une vedette, Mack Sennett. Sennett trouvait ce nom parfait pour un acteur au visage poupin, aux mains potelées et à la silhouette aussi ronde qu'une barrique. Pendant toute la durée du contrat d'Arbuckle, il exigea que son personnage, quel que soit le film, ne porte pas un autre nom que Fatty.

Dans son enfance, Roscoe s'était aussi appelé Fatty. C'était l'un des noms que lui donnait son père, qui ne s'adressait jamais à lui sans le traiter de gros porc ou d'immonde tas de graisse. À sa naissance, Roscoe pesait, paraît-il, sept kilos. Son père l'avait haï dès le premier instant, décrétant que ce monstre n'était pas son fils. Il avait très vite pris l'habitude de le rouer de coups et de l'humilier de diverses façons, par exemple en lui urinant dessus.

À l'âge de huit ans, un soir, par hasard, Roscoe

remplace un jeune acteur dans une troupe de théâtre. Ce soir-là, au lieu des raclées de son père et des sermons de sa mère, qui est une fanatique religieuse, il reçoit les caresses et les baisers des actrices, des mots tendres et des petits gâteaux. Il s'enfuit de chez lui et devient acteur. Il s'aperçoit que son corps peut être drôle et même gracieux. Il apprend à se mouvoir avec l'agilité et la rapidité d'un danseur.

Des années plus tard, lorsque Joseph Schenck le vole aux productions Mack Sennett, il est déjà une immense vedette. Le public l'adore. Il aime en lui l'image d'un homme-enfant mal civilisé, facétieux, roublard, un vaurien qui trempe ses doigts dans la confiture et les lèche goulûment. Étrangement, son public le trouve tout à fait pertinent dans les rôles de séducteur et de mari volage. Il aime aussi le voir se déguiser en femme, numéro dans lequel Roscoe excelle.

Quand il n'est pas en train de travailler, Arbuckle passe beaucoup de temps à faire la fête. Il n'est heureux qu'entouré de ses amis. Il est morphinomane. Sa vie amoureuse n'est qu'une série de catastrophes. À l'automne 1921, il donne une fête dans la suite d'un grand hôtel de San Francisco. Au cours de la soirée, une jeune femme est prise d'un malaise. Les convives l'installent sur une méridienne et retournent se saouler dans la pièce voisine. Quelques jours plus tard, elle est hospitalisée et meurt brutalement. Arbuckle est aussitôt accusé de viol et de meurtre par une harpie qui, quelque temps auparavant, avait essayé de lui extorquer de l'argent. Ce n'est pas la première fois qu'on l'accuse d'avoir tué quelqu'un. Pendant des années, son père n'a cessé de lui dire qu'il était responsable de la mort de sa mère.

L'affaire s'étale à la une des journaux, Arbuckle est mis en prison. Dans les salles de cinéma, les gens paient leur place pour entrer avec des cabas remplis d'œufs, et dès que son visage apparaît, ils en bombardent l'écran. À part Chaplin et Keaton, ses amis le fuient. Keaton veut témoigner en sa faveur, mais l'avocat d'Arbuckle l'en dissuade : il nuirait à son ami au lieu de l'aider, et risquerait d'être lui-même précipité dans l'abîme. Dans la presse, l'affaire du *maniaque sexuel de Hollywood* tient plus de place que le naufrage du *Lusitania*.

À cette même période, Keaton tourne un film intitulé *Cops*, dans lequel un type qui n'a rien fait est pourchassé à travers toute une ville par cinq cents policiers.

Lors du premier procès, le président du jury déclare que le dossier d'accusation est une insulte à l'intelligence des jurés. Il y a néanmoins un deuxième, puis un troisième procès, au terme duquel Arbuckle est acquitté, enfin, avec les excuses de la cour. Quelques jours plus tard, le ministre Will H. Hays interdit officiellement l'exploitation de ses films et recommande fortement aux producteurs de ne plus l'embaucher. Ce n'est qu'en prenant le pseudonyme de William Goodrich qu'Arbuckle parvient, quelques années plus tard, à retrouver un peu de travail comme réalisateur. Mais comme il ne peut pas changer de visage, il n'apparaît plus sur aucun écran. Les cabas seraient trop prompts à se charger d'œufs à nouveau.

En 1982, nous quittons Abidjan et nous nous installons au Havre, dans une grande maison avec un jardin. Le père d'Henri doit nous rejoindre plus tard. Dans cette nouvelle maison, chacun a sa chambre. Celle d'Henri est très jolie car elle possède une sorte de dépendance, une minuscule pièce garnie de colombages, éclairée par une petite fenêtre carrée. C'est là qu'Henri installe son tourne-disque. Il n'écoute plus Bourvil et sa chorale. Il n'écoute plus non plus les *Lettres de mon moulin* lues par Fernandel, avec l'homme à la cervelle d'or qui, à la fin de l'histoire, présente sa main toute sanglante, des raclures d'or au bout des ongles. Quelqu'un lui a offert un disque de Chantal Goya. Et c'est désormais sur l'air de *Bécassine, c'est ma cousine* qu'il s'époumone et se met aussi à danser. Quand Henri danse, il saute sur place, sur un pied, jusqu'à ce que la musique s'arrête et qu'il soit complètement en nage.

Il a subi une intervention au pied gauche. Il boite toujours beaucoup, mais désormais son pied se tient presque à plat sur le sol, alors qu'auparavant, il reposait sur son bord extérieur. Les premiers temps, c'est ma mère qui lui fait faire presque quotidiennement sa rééducation. Chaque séance se termine par un nouvel exercice : la brouette. Pour la brouette, il arrive que François ou moi prenions la place de notre mère. Henri se met par terre et se dresse sur ses bras. Nous attrapons ses chevilles et soulevons ses jambes tendues, puis Henri fait le tour du salon, un trajet qui lui paraît interminable. Dans cette position, il lui est impossible d'ouvrir sa main gauche, il avance donc sur son poing fermé. Il souffle, il peste, il gémit. « Tu vas voir, si je vais le faire ! » nous dit-il d'un ton qu'il voudrait menaçant. Implacables, nous répondons : « Allez, Henri, avance ! », nous l'engueulons parfois, d'autant qu'il a grandi et que ses jambes deviennent lourdes à porter. Les premiers temps, Henri n'arrive pas à boucler le tour du salon, ses bras flanchent et il se laisse tomber par terre. Nous reconnaissons le tremblement dans sa voix, celui de l'exaspération, de la rage et des larmes. Nous n'en revenons pas de la simplicité avec laquelle nous sommes passés de l'empathie terrifiée à notre nouveau rôle de caporal-chef. Henri se relève péniblement. Il ne songe pas à essuyer les larmes sur ses joues. Nous lui frottons le dos, affectueusement mais sans tendresse :

– Ça va ?

– Ça va, répond-il. M-m-m-merci pour ma brouette.

– De rien.

Ce qu'aime Henri, dans sa nouvelle chambre, c'est qu'il peut voir la rue. C'est une rue calme, mais il y a quand même des voitures qui passent de temps en temps. Henri les guette comme un espion. Il se place toujours de la même façon, contre le rideau, légèrement de côté, ce qui lui permet de voir une partie du parking, derrière l'église. Chaque voiture qui arrive ou qui s'en va est un événement. Henri observe leurs manœuvres avec l'attention et le sérieux d'un examinateur du permis de conduire.

– Henri, ne passe pas ton temps à la fenêtre, lui dit ma mère. Fais quelque chose.

Henri s'assoit sur son lit avec résignation. Nous lui donnons un Tintin. Il l'ouvre machinalement et cesse aussitôt de le regarder. Il reste ainsi, une heure durant, les yeux dans le vague. Et quand nous ne sommes pas dans les parages, il se secoue interminablement.

Il s'ennuie. Pourtant ses journées sont beaucoup plus distrayantes qu'à Abidjan. Elles sont pleines d'occupations diverses et surtout, les trajets en voiture sont incomparablement plus nombreux. Mais c'est l'attente, chez Henri, qui s'est subrepticement muée en ennui. Et plus il y a d'animation, plus les plages d'ennui sont visibles. L'ennui d'Henri est comme un motif discret répété tout le temps sur un papier peint : on ne voit plus que lui. Certes il n'attend plus une heure durant dans une voiture, trois heures durant dans une chambre. L'attente s'est fractionnée en une multitude de petites attentes. Le lundi et le jeudi, il attend que ma mère l'emmène chez le kinésithérapeute. Le mardi et le vendredi, il attend sa préceptrice. Le samedi matin, il attend l'heure d'aller au supermarché, le samedi après-midi, il attend l'heure du cinéma. Le dimanche matin, debout à sept heures, il attend la fin de notre grasse matinée.

Comme son père, nous lui disons :

– Henri, déshabille-toi, je vais te donner ta douche. Henri, monte à la salle de bains, je vais te brosser les dents.

Et nous l'oublions. Henri attend, assis nu sur son lit, comme à Abidjan. Il attend, en pyjama, debout à côté du lavabo, la brosse à dents à la main. Mais ce n'est plus son père qu'il attend comme un amoureux transi, électrisé. Ce n'est que nous. Et chaque minute de cette attente est vide.

Au bout de quelque temps, Henri obtient une place dans une école spécialisée à une dizaine de kilomètres de la maison. Un taxi spécialement équipé fait le ramassage scolaire. Il s'arrête devant chez nous, chaque matin, entre 8 h 18 et 8 h 22. Dès 7 h 45, Henri est debout près de la porte, en chaussures et manteau, sa capuche sur la tête s'il pleut dehors, et il attend le ronronnement du diesel et le coup de klaxon qui vient juste après. Le coup de klaxon le fait littéralement bondir hors de la maison. Nous insistons pour qu'il ne mette son manteau – et sa capuche – qu'à 8 h 10. Et c'est exactement comme cela que nous transformons pour lui l'attente en ennui.

Les mois passent. Le père d'Henri ne nous a toujours pas rejoints. Le week-end, nous allons souvent goûter chez ses parents, dont la maison n'est pas très éloignée de la nôtre. Henri adore son grand-père. C'est un homme très grand, corpulent, vêtu de costumes démodés. Ses gestes sont aussi lents que ceux d'Henri. Ses pieds ressemblent à des bateaux, ses chevilles à des mâts trop fragiles. Il peine à soulever ses pieds, et lorsqu'il déambule dans son salon, on craint en permanence que ses chaussures ne se prennent dans les tapis. On a le sentiment que sa chute ferait trembler la maison. Mais il ne tombe pas. Ses semelles glissent in extremis au-dessus des plis et des bosses les plus traîtres. Dans les escaliers, il chancelle mais ne tombe pas non plus. Il sort de sa maison, se plie très lentement pour entrer, comme par magie, dans l'habitacle de sa voiture. Il démarre et ne s'arrête que lorsqu'il est arrivé, franchissant les carrefours à dix à l'heure, quelle que soit la couleur du feu. Dans les grandes lignes droites, il accélère parfois jusqu'à trente kilomètres heure. Chacun de ses déplacements tient du miracle. Quand nous sommes en voiture avec lui, nous retenons notre souffle jusqu'à ce que la voiture ait de nouveau franchi la grille du jardin. Les automobilistes qui le suivent ou le croisent baissent leur vitre pour l'insulter, lui indiquent même la direction du cimetière. Il n'y prête aucune attention.

À notre arrivée au Havre, nous avons habité quelques jours chez les grands-parents d'Henri. Henri et François dormaient dans la même chambre à l'étage, et lorsqu'ils allaient se coucher, le grand-père d'Henri ne manquait jamais de venir leur dire bonsoir. En haut de l'escalier, il s'annonçait en imitant le son d'un clairon. Puis il faisait une entrée tonitruante dans la chambre et leur chantait à pleine voix des chansonnettes d'avant-guerre ou le répertoire de Ray Ventura. Henri, dans son pyjama d'éponge, son tube déjà passé autour du bras, riait à s'en étrangler.

Le dimanche matin, il nous arrive de descendre à pied la colline et d'aller marcher sur la plage. La première fois que nous faisons cette promenade, c'est la période des grandes marées. La mer est si loin qu'elle semble inaccessible. Nos chaussures clapotent sur des kilomètres de sable dur et ridé, recouvert d'une fine couche d'eau salée. Pour François et moi, qui ne connaissons que la plage de Bassam, ce paysage est si étonnant que c'est comme si nous découvrions la mer.

Avant d'arriver sur le sable, nous empruntons une pente de galets très abrupte, où nous nous tordons les chevilles. Nous encadrons Henri en le tenant fermement par les bras, cette descente est pour lui un cauchemar, car les pierres roulent sous les pieds. Ce sont des galets énormes, inégaux, mélangés à de très grosses pierres aux arêtes coupantes. Sur le chemin du retour, je découvre au milieu des pierres des galets étranges, rouge sombre, rayés ou quadrillés de lignes grises. Certains sont de très grande taille, d'autres ressemblent à de gros œufs, d'autres encore sont en forme de poire ou de stylo, mais quelle que soit leur forme, leurs arrondis sont parfaits. J'en prends un dans ma main, intriguée par ce rouge foncé et la ligne grise qui le traverse, toute droite, et soudain je comprends que c'est un morceau de maison que je tiens dans la main ; deux briques assemblées par du ciment et polies depuis trente-cinq ans par la mer. La plage du Havre est jonchée de débris de maisons bombardées. J'imagine des vagues de ruines glissant lentement vers la mer, à la manière d'un glacier, et venant se dissoudre sur la grève. On ne voit plus rien, et pourtant les maisons sont encore là sous nos pieds. Je m'étonne que les promeneurs ne marchent pas les yeux rivés au sol.

Au fil du temps, j'ai vu ces galets rouges devenir de plus en plus petits, de plus en plus rares. La dernière fois que j'ai marché sur cette plage, je n'y ai trouvé que quelques allumettes rouges, à peine de la taille d'un pouce. En cinquante ans, les ruines avaient presque fini de se dissoudre.

Le dimanche après-midi, Henri joue parfois avec ses petites voitures, comme il le faisait à Abidjan. Il organise de longs convois qui serpentent sur cinq ou six mètres. Il se met à genoux, lentement et prudemment, comme le ferait son grand-père, puis se baisse encore jusqu'à poser sa joue sur le sol afin d'observer le mouvement des roues. Il fait avancer la première voiture de quelques centimètres, puis la deuxième, puis la troisième, et ainsi de suite, jusqu'à ce que le convoi tout entier ait progressé, et ensuite il recommence au début. Mais au fil des mois, il organise de moins en moins de convois. Un jour, nous nous apercevons qu'il a totalement cessé de le faire. Henri est sorti de l'enfance. Il en est sorti pour arriver nulle part, dans une adolescence qui n'en sera pas une et ne le mènera jamais à l'âge adulte. Sa vie se déroulera désormais dans un éternel état intermédiaire. Un état où les éclats de joie sont de plus en plus rares. Ils sont remplacés par le plaisir, la satisfaction. Henri aspire au sérieux et se compose peu à peu une dignité austère, légèrement hautaine. Ses éclats de rire sont toujours aussi bruyants, aussi peu contrôlés, mais ses bouffées d'excitation et de bonheur perdent leur lumière. Il ne sera plus jamais l'enfant radieux de la photo sur la plage.

Dans les premières minutes du film *Steamboat Bill Jr.*, le texte de ce télégramme apparaît sur l'écran.

*Cher papa, Mère a toujours souhaité que je vienne vous rendre visite, une fois mes études terminées. J'arriverai samedi, à 10 heures, je crois. Vous ne pourrez pas me manquer, je porterai un œillet blanc à la boutonnière.*

Un train s'arrête dans une petite ville au bord du Mississippi. Sur le quai, un père cherche son fils qu'il n'a pas vu depuis vingt ans et qui arrive de Boston. La vie les a séparés, mais aujourd'hui chacun est la seule famille de l'autre et ils vont enfin se retrouver. Le père a du mal à contenir son excitation et sa joie en imaginant ce grand jeune homme – plus grand que lui, sûrement – aux épaules carrées. Et il pense secrètement que c'est bien la providence qui lui ramène son fils alors que ses affaires sont au plus mal et qu'il a tant besoin d'aide.

Dans son télégramme, son fils lui a dit qu'il porterait un œillet blanc à la boutonnière. Mais aujourd'hui c'est la fête des mères, et sur le quai, presque tous les hommes arborent un œillet blanc. Le père examine tous les jeunes gens, le cœur battant. Dès qu'il voit un grand gaillard bien habillé, une fleur blanche au revers de la veste, son visage s'éclaire et déjà il ouvre les bras. Mais ce n'est jamais son fils.

Son fils est là, pourtant. Mais il est descendu du mauvais côté de la voie. Il est seul face au fleuve et il attend, lui aussi. Ce n'est pas un grand gaillard. C'est un jeune homme plutôt frêle. Il porte une veste rayée, un béret et une moustache de freluquet. Il tient une valise dans une main et un ukulélé dans l'autre. Quand le train redémarre, il constate placidement son erreur, traverse la voie et part à la recherche de son père. Son investigation est timide et appliquée. Dès qu'il aperçoit un homme d'âge mûr, il s'approche de lui, le regarde d'un air à la fois mystérieux et entendu, et montre ostensiblement l'œillet à sa boutonnière. Mais personne n'est intéressé. Au bout d'un moment, son œillet se détache, il ne s'en rend pas compte et continue ses manœuvres en exhibant chaque fois sa boutonnière vide.

Un peu plus loin, le père, qui n'est pas d'un naturel patient, vient de demander à un groupe de jeunes gens : est-ce que l'un de vous cherche un père ?! Il en a assez de faire l'idiot sur ce quai de gare. Il sort le télégramme de sa poche pour le relire encore. Pourtant oui, c'était bien le train de dix heures. Pourquoi son fils n'est-il pas là ? En s'éloignant du quai, il croise un jeune homme de dos, qui porte une veste rayée, un béret, et tient un ukulélé à la main. L'allure pathétique de ce jeune homme lui fait lever les yeux au ciel. Il pense qu'il vaut mieux voir ça que d'être aveugle. Il plaint de tout son cœur les parents de ce garçon. L'idée de vérifier s'il porte un œillet ne l'effleure même pas.

De son côté, le jeune homme ne sait plus quoi faire. Une grande perplexité s'est emparée de lui, teintée d'un léger découragement. Il semble qu'une part de lui-même s'attendait pourtant à ce que personne ne vienne l'accueillir. Il lâche sa valise, fait quelques pas encore et va s'appuyer contre un mur.

Le père regarde le garçon au béret s'éloigner, puis regarde la valise. Un doute affreux lui vient à l'esprit, et il s'approche pour jeter un œil sur l'étiquette. Le garçon s'appelle Canfield, comme lui. Le père ferme les yeux comme si une douleur intense venait d'éclater dans sa poitrine. Il vacille, cherche un appui, il peine à reprendre son souffle. Il a tourné la tête pour ne plus voir le propriétaire de la valise.

Le jeune homme, lui, s'est laissé choir sur ce qu'il croyait être un banc. Mais ce n'était pas un banc, c'était un landau dans lequel un bébé faisait la sieste. Le bébé s'est réveillé, il est assis maintenant et il pleure. Pour lui changer les idées et se faire pardonner, le jeune homme prend son ukulélé et improvise vaillamment une danse extravagante devant le landau. Il bondit, tourne sur lui-même et décrit de grands arcs de cercle avec son instrument. Le bébé cesse aussitôt de pleurer et le regarde avec intérêt.

Le père a repris ses esprits et ose enfin tourner les yeux vers le jeune homme. De là où il est, il ne peut voir le landau. Ce qu'il voit à cet instant, c'est un garçon non seulement trop frêle et vêtu d'une manière ridicule, mais qui en plus a indéniablement l'air d'un fou. D'un fou ou d'un idiot.

Lorsqu'il est sûr que le bébé est calmé, le jeune homme s'éloigne prudemment du landau. C'est alors qu'un homme l'interpelle et lui montre la valise posée par terre. Oui, c'est ma valise, dit le jeune homme. Dans ce cas, je suis ton père. Le jeune homme porte aussitôt la main à sa boutonnière, comme pour prouver qu'il est bien l'auteur du télégramme, et sa main ne rencontre que du tissu. Il en est troublé mais son père ne semble pas se soucier de cette boutonnière vide. Il regarde fixement son fils, ses bras s'écartent à peine de son corps et refusent de s'ouvrir davantage, alors il lui tend simplement la main. Puis il lui prend son ukulélé et le fourre dans la poche arrière de son pantalon, bien dissimulé par le pan de sa veste. Quant à la valise, ce garçon lui paraît si frêle qu'il préfère la porter lui-même. Et, résigné, il entraîne son fils hors de la gare.

L'été, nous partons, Henri, François et moi dans la maison de ma grand-mère, en Savoie, près de Chambéry. Nous prenons un train jusqu'à la gare Saint-Lazare, puis nous prenons le métro, changeons à Concorde, prenons un second métro jusqu'à la gare de Lyon, et enfin le TGV. Si nous sommes chanceux, mon oncle vient nous chercher à la gare de Perrache et nous emmène en voiture. Sinon nous prenons un omnibus. Deux bonnes heures de trajet encore et nous sommes enfin arrivés. Nous partons pour trois semaines au moins et sommes toujours trop chargés. Le métro, les tourniquets, les escalators en panne, les couloirs interminables avec nos valises sans roulettes et nos sacs dont les lanières nous scient les épaules, tout cela ressemble à un parcours du combattant. Nous avons peur de manquer le TGV, nous fonçons droit devant nous, trio bringuebalant et désaccordé, mâchoires serrées pour refouler l'envie de pleurer qui nous vient parfois. Quand la douleur le long du bras devient insupportable, l'un de nous crie stop. Nous nous cognons les uns aux autres en nous arrêtant, nous

nous plaquons contre le mur pour laisser passer le flot des voyageurs. Puis nous lâchons nos bagages et contemplons nos mains zébrées de blanc qui, trop crispées, refusent de s'ouvrir. Nous les secouons. François et moi échangeons un regard solidaire, ou bien nous nous engueulons parce que nous craignons d'avoir mal regardé les pancartes et d'avoir manqué la direction Vincennes – nous n'avons pas l'habitude du métro. Pour finir, nous engueulons Henri parce qu'il nous a donné un coup de valise dans le mollet ou nous a écrasé le pied.

– Je suis d-d-d-désolé, déclare-t-il d'un ton neutre en regardant l'affiche publicitaire sur le mur d'en face.

– Regarde-moi quand je te parle, tu m'as quand même marché sur le pied !

Mais il ne faut pas trop s'énerver, sinon la voix s'étrangle et les larmes en profitent pour déborder. Alors nous inspirons un grand coup et nous repartons dans la cohue vers un autre escalier et un autre quai.

Henri ne crie jamais stop. Il porte sa propre valise, et s'il serre les dents, lui aussi, il supporte beaucoup mieux que nous cette épreuve d'endurance. Il est habitué à pire. Il marche d'un bon rythme, comme s'il ne devait jamais s'arrêter. Il faut toutefois lui tenir la main, le piloter pour éviter qu'il ne percute quelqu'un de plein fouet – quelqu'un, ou une porte, ou un poteau, ou une poubelle. Il faut s'assurer de son équilibre quand il pose le pied sur la première marche de l'escalator, instant qu'il appréhende terriblement. Il faut porter sa valise à la descente du train, l'aider à franchir les tourniquets. Les portillons automatiques semblent avoir été conçus pour se refermer sur lui. Et à chaque descente de train, mon cœur s'arrête : l'espace d'une seconde, j'ai la vision d'Henri tombant comme une bûche sur le quai. Mais il ne tombe pas.

Le soir de notre arrivée, Henri paraît si fatigué que je décide de le faire dîner avant tout le monde afin qu'il puisse se coucher de bonne heure. Je lui prépare un dîner léger : tomate à la croque-au-sel, tranche de jambon, quelques haricots verts. Machinalement, je coupe la tomate et les haricots verts, alors qu'il pourrait très bien se débrouiller seul. Assise face à lui, à la table de la cuisine, ma grand-mère nous observe. Elle suit d'abord les mouvements du couteau et de la fourchette, puis la main d'Henri qui porte les morceaux de tomate à sa bouche. Le regard de ma grand-mère est froid et inquisiteur. Inquisiteur comme celui d'un rongeur, froid comme celui d'un poisson. Je n'ai jamais rencontré de regard aussi dépourvu de sensibilité que le sien. Elle observe Henri, qui ne la regarde pas. Il rit en silence, les yeux tournés vers la fenêtre. Je sais qu'il est en train de se rappeler avec bonheur l'inclinaison de la rame de métro quand elle est sortie du tunnel, les étincelles qu'il a vu jaillir à l'instant où le pantographe du TGV s'accrochait à la caténaire (pantographe et caténaire sont deux mots que j'ignorais avant de connaître Henri), les légères secousses du démarrage après le coup de sifflet du chef de gare. Henri est ému par le départ d'un train comme d'autres par un coucher de soleil sur la mer. Aujourd'hui il a marché des kilomètres, il a eu peur de tomber plusieurs fois et s'est fait crier dessus, mais ce fut une journée pleine de joies intenses et secrètes.

Peut-être ma grand-mère songe-t-elle à son fils, son Henri à elle, celui qui vivait *une vie pour rien*. Au moins n'avait-il pas cette démarche disgracieuse, cette mâchoire prognathe, cette toute petite main gauche recroquevillée à côté de son assiette. Peut-être ma grand-mère se dit-elle aussi que si j'étais une petite-fille aimable, c'est d'abord à elle que j'aurais proposé une tomate à la croque-au-sel et des haricots verts. Ma grand-mère est le genre de personne qui a réussi à se faire servir son petit déjeuner au lit toute sa vie. Par sa mère d'abord, par son mari ensuite, enfin par sa femme de ménage ou ses petits-enfants, quand sa femme de ménage est en vacances. Dans le silence de la cuisine, ma grand-mère dit :

– Les enfants comme ça, on ne devrait pas les laisser vivre, tu ne trouves pas ?

Henri n'a rien entendu. Ou s'il a entendu, il n'a pas saisi que cette phrase parlait de lui. Il ne comprend pas pourquoi je me lève soudain en renversant mon tabouret, pourquoi je fais claquer la carafe d'eau sur la table, pourquoi je jette une assiette dans l'évier. Il est légèrement inquiet mais continue à manger. Il est tracassé par un morceau de tomate qui refuse de se laisser piquer par sa fourchette. Entre ma grand-mère et moi, le ton monte, nous en venons aux insultes, puis elle quitte la cuisine, très satisfaite. Henri pose alors sa fourchette, se lève, s'approche de moi et me frotte maladroitement le dos.

– Ça va aller, ne t-t-t-t'inquiète pas, me répète-t-il.

Une fois qu'Henri a fini de dîner, je l'emmène se brosser les dents et lui montre sa chambre, son lit. La chambre est agréable, les draps, brodés aux initiales de ma grand-mère, sont immaculés. Henri semble heureux. Il glisse son bras gauche dans son tube et se met au lit. Je le borde comme lorsqu'il avait neuf ans. Avec un sentiment de honte, je l'embrasse et lui souhaite une bonne nuit.

En 1923, Keaton tourne son deuxième long-métrage, *Our Hospitality*. Au terme d'un long et rocambolesque voyage en train, le jeune Willie McKay est invité par une demoiselle dans la maison de ses parents. Ils ont sympathisé pendant le trajet, ignorant qu'une haine ancestrale oppose leurs deux familles. Lorsque le père et les frères de la jeune fille apprennent l'identité du jeune homme qui s'apprête à dîner à leur table, ils sortent les fusils, les revolvers, les astiquent et les remplissent de poudre. Pas question de laisser un McKay en vie. Mais pour le tuer, ils devront attendre la fin du dîner, on ne tue pas un invité chez soi, ce sont les lois de l'hospitalité. Le jeune homme comprend peu à peu que ses hôtes sont pressés de le voir prendre congé pour se servir des armes qu'ils ne cherchent même pas à dissimuler. S'il met son chapeau, ils ont déjà une main sur la crosse. S'il pose un pied dehors, il est un homme mort.

Un jour, à Abidjan, alors qu'Henri et François se connaissent depuis quelques semaines seulement et qu'ils sont assis côte à côte sur le canapé, Henri reçoit un coussin en pleine figure. Il pousse un cri de surprise mêlée d'effroi et lance à François un regard chargé de réprobation. Il ne lui renvoie pas le coussin, il ne le ramasse même pas. Il se remet à fixer l'écran de télévision, espérant de toutes ses forces que ce lancer de coussin n'était qu'un accident, un événement malencontreux, aussi fortuit qu'une averse ou la chute d'un fruit, et qu'il ne se reproduira plus jamais. Mais au bout de quelques secondes, un deuxième coussin vient le frapper au visage. Pour toute réponse, Henri crispe ses doigts sur son frein à main imaginaire, avec un bruit de bouche menaçant qui signale le desserrement du frein, et en gardant les yeux rivés à l'écran. « Je te préviens, François, j'ai desserré mon frein à main », semble-t-il dire. Alors François lui jette trois coussins de suite.

Henri ne réagit toujours pas. Il ne peut plus prétendre que ces coussins l'ont frappé par hasard, mais il reste décidé à les ignorer. Alors François met un coussin dans la main droite d'Henri, et l'oblige à le lui lancer. Et comme Henri lance n'importe comment, il s'écrie :

– Tape-moi avec le coussin ! Allez ! Non, pas comme ça, plus fort ! Dans la figure !

Au bout de dix minutes, François est épuisé de tant d'efforts pour au bout du compte si peu d'excitation. Autant faire une course avec un adversaire dont le vélo aurait les deux pneus crevés. Il renonce pour cette fois. Il n'a jamais vu d'enfant qui ne sache pas chahuter, à qui il faille apprendre geste par geste comment on joue à la bagarre. Henri, lui, n'a jamais vu d'enfant tout court.

Après cette première expérience, il se tient à distance de François. Dès que celui-ci s'approche d'un peu trop près, il crie d'une voix blanche : « François, arrête ! » Ce qui suscite chez François l'envie de recommencer. S'ils se croisent dans le couloir, par exemple, François entraîne gentiment Henri jusqu'au canapé. « Non, non, ne me pousse pas ! » supplie Henri. François, souriant, pose sa main contre la poitrine d'Henri. Il n'a qu'un tout petit geste à faire et il le fait, le bout de son index suffirait presque. Henri tombe à la renverse, en roulant des yeux effarés. Ensuite, si Henri porte son tube, François le lui retire avec douceur. Le tube peut faire très mal sans qu'Henri ait besoin de le vouloir. François regarde un instant Henri qui ressemble à un chaton mouillé. Si Henri tente de se relever, il le fait tomber de nouveau, une fois, deux fois, puis il se jette sur lui, s'assoit à califourchon sur ses genoux, le frappe avec les coussins, lui met les coussins dans la main pour qu'il le frappe à son tour, l'allonge sur le canapé, se couche sur lui pour l'immobiliser. Les premières fois, immobiliser Henri lui prend trois secondes à peine. Mais peu à peu, Henri parvient à résister, à tenir quelques secondes de plus. Il commence à éprouver du plaisir à frapper François de plus en plus fort avec les coussins. Il amorce ses coups avec la lenteur d'une grue de chantier, mais au moins il frappe. Il apprend à faire passer toute sa colère dans son bras droit. Il apprend à repousser François, même s'il ne parvient jamais à le déséquilibrer. Leurs bagarres sur le canapé deviennent un rituel. Ce n'est jamais Henri qui les commence, bien sûr, et il est toujours soulagé lorsqu'elles se terminent. Mais peu à peu, il cesse de dire « François arrête », et c'est en rugissant qu'il se bat pour perdre moins vite. Quand la bagarre est finie, ils sont rouges l'un et l'autre, surtout Henri. Ses cheveux humides de transpiration font des bouclettes autour de son visage. Une petite lueur brille dans son œil. Il dit à François : « La p-p-p-p-prochaine fois, je te préviens, méfie-toi ! » Et François lui tapote l'épaule en souriant. Avec le temps, il arrive que François le laisse gagner. Alors Henri fanfaronne et fait le récit de ses exploits : « T-t-t-tu te souviens, François, quand je t'ai bloqué comme ça, avec mon bras ? »

Dans la nouvelle vie d'Henri, au Havre, les séances de bagarre sont les seuls moments qui ressemblent à ceux qu'il partageait avec son père. Mais peu à peu, comme les deux garçons grandissent, les bagarres s'espacent et finissent par cesser tout à fait.

Le père d'Henri ne fait que deux brefs séjours au Havre. Lors du premier, il est déjà trop fatigué pour les séances de rééducation. De toute façon, Henri a rendez-vous plusieurs fois par semaine chez son kinésithérapeute, un homme très doux, chauve, si petit et d'apparence si fragile qu'il ressemble à une brindille dans sa blouse blanche.

Souvent Henri se tient debout près du fauteuil ou de la chaise où son père est assis, en propriétaire discret.

Le soir de Noël, le père d'Henri fait livrer un piano. Personne ne joue de piano dans cette maison, mais il tient absolument à ce qu'il y en ait un ici, dans ce salon, dans cette nouvelle existence à laquelle il compte se joindre bientôt, quand il aura réglé ses affaires.

Lors de son deuxième séjour, le père d'Henri découvre qu'il souffre de diabète. Il croit qu'il peut maîtriser les chiffres de sa glycémie comme il a déjà maîtrisé tant de choses. Qu'il peut se guérir tout seul comme il a appris tout seul à son fils à marcher. Assis dans le canapé, il écoute le bruit des balles de tennis, qui rebondissent sur le court voisin. Il a toujours pensé qu'Henri deviendrait professeur de tennis. Un club de tennis juste à côté de la maison, c'est un signe. Il y croit plus que jamais. Il croit aussi qu'un jour, Henri se mariera. Avec une jeune femme très bien, qui ne sera pas handicapée. Il nous remercie parce qu'il pense que c'est en partie grâce à nous. Il trouve qu'Henri a fait, à nos côtés, des progrès formidables.

Henri est dans sa chambre, ce matin-là. C'est un jour de semaine, ma mère et lui sont seuls à la maison. Quelques années ont passé, François est à l'université de Caen, je suis à Paris, nous ne sommes là que les week-ends. Henri regarde par la fenêtre les voitures sur le parking. Lorsqu'il entend le pas de ma mère dans l'escalier, il s'écarte de la fenêtre et feint de s'intéresser au contenu du tiroir de son bureau. Ma mère entre dans sa chambre et lui dit qu'elle a une nouvelle très triste à lui annoncer. Henri attend, une expression polie sur le visage. Il éprouve une légère curiosité pour cette nouvelle, mais surtout, il a le souci de ne pas avoir de réaction inconvenante. Il a appris à se méfier des choses que nous appelons tristes et qui, pour lui, ne représentent rien. Il a appris à poser un masque soucieux sur son visage en entendant les mots hôpital ou enterrement. Et il s'est suffisamment fait gronder pour s'être esclaffé lorsque sa tante a manqué une marche dans l'escalier sous ses yeux, pour avoir éclaté de rire lorsque son père, qui transportait une armoire, l'a laissé tomber sur son pied. Pour avoir été pris d'un fou rire ininterrompu lorsqu'il regardait *Le Jour le plus long* et qu'il voyait les soldats alliés tomber comme des mouches sous le feu allemand. Pour avoir réagi à la scène finale de *Vol au-dessus d'un nid de coucou* comme si c'était un chef-d'œuvre du burlesque. Pour avoir trouvé que *Les Feux de la rampe* se terminait très bien – mais quelle perversité de notre part, aussi, de lui demander s'il trouve qu'un film se termine bien ou mal. Il lui est même arrivé parfois de voir sa mauvaise appréciation d'une situation redressée par une gifle. Aussi se méfie-t-il comme de la peste de nos tristes nouvelles, de nos accidents et de nos chagrins.

Mais ce jour-là, son père est mort, et c'est cette nouvelle que ma mère est venue lui annoncer. Les mots ont traversé la chambre. Henri a légèrement sursauté.

– Hé bien, dit-il, je n'aimerais pas être à sa place.

Quelques mois plus tard, un dimanche après-midi, Henri descend l'escalier et nous donne une feuille pliée en quatre en nous demandant de la mettre dans une enveloppe et de la poster. C'est une lettre pour son père, semblable aux lettres qu'il lui a toujours écrites. Il y raconte en quatre lignes sa journée de la veille et termine en disant qu'il pense à lui et l'embrasse. Il faut lui expliquer de nouveau que son père est mort et que cette lettre, il ne la recevra pas.

– Mais où ai-je la tête, marmonne Henri en se frappant le front.

Puis il remonte l'escalier vers sa chambre d'un pas lourd, le visage grave. Je n'ai aucun moyen de comprendre ce qu'il y a dans sa tête à cet instant. Avait-il oublié ? Vient-il seulement de commencer à comprendre qu'il ne verra plus son père ? Nos codes lui paraissent-ils si arbitraires, si absurdes qu'il puisse douter de la réalité que nous lui présentons ? A-t-il tenté sa chance en croyant que cette phrase « Ton père est mort » ne voulait peut-être rien dire ?

Quand il était encore adolescent, Henri ne disait jamais *mon père*. Il disait *J'ai écrit une lettre à papa, On va faire une bonne surprise à papa*. Quelques années après la mort de son père, il a soudain totalement cessé de dire *papa*. Il dit par exemple : *J'ai une écharpe, rouge, comme mon père. Tu te souviens ?* Et quand il prononce ces mots, je saisis à chaque fois le rayonnement dont il les pare. Les deux mots ont autant de poids l'un que l'autre. Le possessif dit haut et fort que c'était son père à lui et celui de personne d'autre. Et le mot *père* est sacré. Il me semble qu'Henri prononce ces mots comme le font toutes les personnes qui ont perdu leur père. Et qu'il s'est mis à les prononcer lorsqu'il a vraiment compris que son père était mort.

Henri aime avoir ses responsabilités dans la maison. C'est lui qui vide le lave-vaisselle. Il range un par un les verres, les assiettes, et le nombre d'allers et retours qu'il fait entre le placard et la machine est considérable. Quand il a fini, il examine le filtre et s'il aperçoit la moindre miette, le moindre résidu, il va le tapoter au-dessus de la poubelle. En hiver, c'est lui qui remplit de bois le panier près de la cheminée. Il monte les bûches de la cave, une par une également, en se courbant plus que nécessaire dans le petit escalier pour être sûr de ne pas se cogner la tête. C'est lui qui ouvre les volets le matin et qui les ferme le soir, et comme ils sont électriques et qu'il suffit de garder le doigt appuyé sur la commande, c'est la tâche qu'il préfère et que je lui envie. Le problème est qu'en plein hiver il ferme les volets à 18 heures et que lorsque les beaux jours arrivent, il continue à les fermer à la même heure. Un soleil radieux tape encore sur les vitres, et pourtant Henri presse l'un après l'autre tous les boutons, regardant avec satisfaction les panneaux de fer descendre devant les fenêtres. Il plonge la cuisine, la salle à manger, le salon dans le noir complet et allume une lampe avant de quitter chaque pièce. Nous lui disons :

– Tu ne vois pas qu'il fait encore jour ?

Henri ne fait confiance qu'à sa montre, elle est sa seule véritable alliée sur cette terre. Il pense que les notions de soleil couchant et de tombée du jour ont été inventées pour le distraire de sa mission et laisser l'obscurité le surprendre avant qu'il ait fermé tous les volets. Il veut qu'on lui donne une heure précise. Il faut qu'il puisse s'organiser, savoir s'il doit fermer les volets avant ou après avoir pris sa douche, avant ou après le dîner.

Il est si peu réceptif aux changements de saison que si nous ne rangions pas son anorak d'hiver pour le remplacer par un blouson léger, il continuerait sans doute à le porter jusqu'à la fin du mois de juin.

Quand il n'y a pas de lave-vaisselle à vider ni de volets à fermer, et qu'il a déjà mémorisé les programmes télévisés de la semaine, qui sont sa seule lecture, Henri ne sait pas quoi faire. Il lui arrive encore parfois de sortir son kart de la remise pour faire le tour du jardin. Une fois ses pieds sur les pédales, bien chaussés dans les cale-pieds que son père avait spécialement fait ajouter pour lui, il s'aperçoit qu'il n'a plus envie de pédaler. Il fait quelques mètres et s'arrête. Il se rend à l'évidence : cela ne l'amuse plus. Alors il reste assis sur le siège de cette voiture qu'il a tant aimée, la main droite posée sur le volant, la main gauche accrochée en face de la droite. Il regarde le ciel. Il regarde droit devant lui. Il peut rester ainsi pendant une heure. Le ciel se couvre. Aux premières gouttes de pluie, Henri range son kart dans la remise et rentre à la maison.

Un jour, il cesse d'aller à son école. Il a atteint la limite d'âge. Il ne sait toujours pas numéroter des figures de la plus petite à la plus grande et ne saura peut-être jamais le faire. Et personne ne peut le convaincre qu'une baguette à quatre-vingt-dix centimes est moins chère qu'un pain au chocolat à un franc dix. Mais il y a encore beaucoup de choses qu'il pourrait apprendre. Quel âge a-t-il ? Personne ne le sait. Vingt ans d'après sa carte d'identité et pour l'institut médico-pédagogique, treize ans, sept ans, quatre ans et demi selon les situations. Je me souviens, un été sur une plage, d'un petit garçon de cinq ans à l'humeur belliqueuse, qui avait très bien jaugé Henri et décidé de l'attaquer. Il s'est approché d'Henri et s'est mis à le provoquer en lui donnant des coups de serviette. Henri, se sachant vaincu d'avance, a tenté d'esquiver les coups par des sortes de pas de danse, en tournant sur lui-même. Une sorte de chorégraphie pour ne pas perdre la face. Peut-être avait-il dans la tête l'image d'un toréador. Il n'esquivait rien du tout. La serviette en éponge claquait à chaque fois contre sa cuisse, ses genoux. L'enfant, comme une mouche énervée, ne le lâchait pas. J'ai tendu une serviette à Henri et sifflé entre mes dents :

– Défends-toi, tape-le !

Henri s'est exécuté. Les gestes maladroits qu'il faisait avec sa serviette ont au moins servi à repousser son assaillant, qui s'est lassé et s'est éloigné.

Je venais de comprendre qu'Henri ne faisait pas le poids face à un enfant de cinq ans.

Après l'école, pour Henri, il y a le choix entre une sorte de centre pour handicapés, qui ressemble à un hôpital, et un CAT, un centre d'aide par le travail. L'oisiveté ou la vie active. Pendant les vacances d'été, Henri passe deux semaines à l'essai dans le premier établissement. Il reste toute la journée devant la télévision et ne se lave jamais. Lorsque nous venons le chercher, son regard est morne et la barbe lui mange le visage. Tous les pensionnaires qui sont capables de marcher nous accompagnent jusqu'à la voiture. Ils ont entre quinze et quarante ans. Ils veulent dire au revoir à Henri, mais ils veulent surtout nous dire au revoir, à ma mère et à moi, ils veulent nous tenir la main, nous embrasser. Ils ne veulent plus nous lâcher la main. Encore une bise, à bientôt, tu reviendras, moi aussi encore une bise, comment tu t'appelles, moi je m'appelle Johann, et moi Sonia, encore une bise. Nous retirons nos mains, nous finissons par remonter dans la voiture. Quand nous fermons les portières, nous avons l'impression de les claquer sur leurs visages. Ils nous regardent fixement, sans sourire, et nous font au revoir jusqu'à ce que nous ayons franchi la grille.

À l'automne suivant, Henri entre au CAT. Il rêve de travailler sur une machine, celle qui fait des trous dans des rondelles de métal. Mais cette machine est trop dangereuse pour lui. Sa tâche consistera plutôt à mettre des sachets de thé dans des cartons, des vis dans des cartons, des petites boîtes dans des cartons. Le premier jour, une sorte de contremaître fait un discours aux nouveaux employés. Il les soupçonne déjà de paresse et d'absentéisme. Henri est très sensible à ce discours. À son retour, debout dans la cuisine, il nous explique avec de grands gestes de la main droite :

– Je dois beaucoup travailler, parce que sinon, je vais être viré de mon salaire !

Sa voix a des intonations toutes nouvelles, il essaie d'imiter celle du contremaître. Il est manifestement terrifié à l'idée d'être « viré de son salaire ». Jamais il n'avait subi pareille menace. Encore aujourd'hui, Henri rechigne à prendre ses heures de réduction du temps de travail. Il est persuadé que c'est un piège pour le prendre en flagrant délit de désertion. Il a même expliqué très poliment à François qu'il était désolé mais qu'il était hors de question qu'il vienne à son mariage, parce qu'il ne pouvait pas manquer son travail, le vendredi après-midi. Des mois de discussions ont été nécessaires pour lui faire entendre que ces heures chômées étaient, en fait, obligatoires.

Henri est donc un travailleur modèle. Il n'a pas besoin de réveil pour se lever. Son horloge intérieure lui commande d'ouvrir les yeux à 6 h 30. Il s'habille aussi vite qu'il peut, avec les vêtements que ma mère a préparés pour lui et qui l'attendent sur le dossier de sa chaise. Il mange ses tartines aussi vite qu'il peut – pain et confiture également préparés la veille et qui l'attendent sous une assiette à soupe retournée –, et comme les années précédentes, il tressaute chaque matin en entendant le moteur Diesel de la navette qui vient le chercher. Et ma mère recommence la guerre pour qu'il n'attende pas, emmitouflé, son écharpe autour du cou, la main sur la poignée de la porte, une heure avant son départ.

Un soir, en rentrant du travail, il nous annonce :

– Aujourd'hui, au CAT, Jean-Philippe a retiré sa chemise !

Nous ne connaissons pas Jean-Philippe. J'imagine une belle chemise à carreaux rouges et blancs, dans un coton un peu épais, retroussée jusqu'aux coudes, des avant-bras minces et légèrement bronzés. Dans le silence perplexe et gêné qui suit la déclaration d'Henri, chacun cherche une explication. Jean-Philippe avait-il trop chaud ? A-t-il malencontreusement déchiré sa chemise en travaillant ? Voulait-il amuser ses collègues ? Jean-Philippe aurait-il voulu provoquer le contremaître ? Au bout de quelques minutes, l'un de nous se décide enfin à poser la question :

– Mais pourquoi il a enlevé sa chemise, Jean-Philippe ?

Henri nous toise un instant, il nous trouve bien bêtes de ne pas avoir deviné ce qui est pourtant une évidence.

– Eh bien, pour essuyer ses larmes !

Dès l'instant où nous sommes entrées dans la pièce, nous avons compris, ma mère et moi, que nous devions faire profil bas. Parler le moins possible. Hocher respectueusement la tête. C'est la deuxième fois, depuis que ma mère a emménagé à Lyon, qu'elle rencontre le directeur du foyer Edmond-Rostand. Elle s'est spécialement fait prescrire des anxiolytiques en prévision de ce rendez-vous. Cette convocation est toutefois, a priori, une bonne nouvelle, puisqu'elle signifie qu'Henri est définitivement accepté dans le foyer. Il y a d'autres personnes assises à gauche et à droite du directeur, nous ignorons qui elles sont. Nous ne connaissons que l'assistante sociale, que nous considérons comme une alliée, une interprète entre deux mondes. Nous n'osons pas trop la regarder.

– Ce qui est important, c'est la façon dont Henri veut s'inscrire dans l'avenir.

C'est le directeur qui vient de prononcer cette drôle de phrase. Il nous regarde alternativement, l'air sévère, comme s'il venait de nous révéler une nouvelle extrêmement grave. Une image me traverse la tête, cinq lettres de feu dans un ciel pur, sur fond de soleil couchant. HENRI…

L'avenir d'Henri ? La réponse est simple : comme il ne peut pas devenir conducteur ni de train, ni de camion, ni de bulldozer, ni même de taxi, il aimerait bien travailler sur la machine qui fait des trous dans des rondelles. Mais ce ne sera peut-être pas possible. Restent les vis à ranger dans des boîtes et les sachets de thé à mettre dans des cartons. Si personne ne lui crie dessus, et s'il règne une certaine camaraderie dans l'atelier, ce n'est pas une mauvaise vie.

Mais je n'y suis pas du tout. Ce n'est pas ce qu'entend le directeur quand il parle d'avenir. Il nous explique, sur le ton du sermon, que les éducateurs du foyer Edmond-Rostand ont reçu une formation si sophistiquée qu'il est impossible de les cantonner à faire du gardiennage. Il faut qu'ils puissent mettre en œuvre les grands projets pour lesquels ils ont été formés. Je me demande un instant si Henri est censé entrer dans le *Livre des records* au chapitre des cathédrales en allumettes, ou bien se préparer à une ascension de l'Annapurna. Le directeur ne nous dit pas de quels grands projets il s'agit. Son discours est volontairement empreint de mystère, traversé d'expressions étonnantes comme *émergence sur l'avenir* ou *problématique d'émergence* – nous hochons silencieusement la tête d'un air pénétré. C'est un discours dramatique et sinueux. Menaçant lorsqu'il nous explique les dangers de la confusion entre le rôle de parent et celui de tuteur. Presque larmoyant lorsqu'il nous dit combien Henri a été affecté par le report d'une sortie en minibus. Le directeur nous parle des longues conversations qu'ils ont eues ensemble, Henri et lui. Je les imagine sans peine :

LE DIRECTEUR : Henri, je vois que tu es très affecté par le report de la sortie en minibus.

HENRI : Ah oui !

LE DIRECTEUR : Je comprends ta déception et je la respecte. Serais-tu néanmoins d'accord pour que nous abordions à présent la question de ton émergence sur l'avenir ?

HENRI : Pourquoi pas.

Je regarde cet homme et je me demande s'il a l'intention de faire un jour la connaissance de mon frère. Le rendez-vous touche à sa fin. Juste avant que nous partions, le directeur ne résiste pas au plaisir de nous faire une confidence. « Henri, nous dit-il, a *déjà* un grand projet sur l'avenir. Je ne vous le révèle pas. Il vous en parlera lui-même, s'il le souhaite. »

Nous le remercions avec humilité. Nous sortons du bâtiment en ayant le sentiment d'avoir été privées d'air pendant une heure et demie. J'interroge ma mère des yeux. Elle sait en quoi consiste ce grand projet, l'assistante sociale l'a discrètement évoqué la dernière fois qu'elles se sont parlé.

– Le métro. Ils veulent lui apprendre à se déplacer en métro.

Depuis que ma mère a fait le choix de quitter le Havre et de s'installer à Lyon, Henri n'est sorti seul que pour aller acheter du pain à la boulangerie de l'autre côté de la place. Acheter le pain, il le faisait déjà au Havre. Nous avions mis des années à nous décider, et l'idée de pouvoir manger des croissants le dimanche matin sans avoir à nous habiller avait sûrement compté dans cette décision. Henri avait dix-neuf ans, la première fois, et nous l'avions guetté, le nez collé à la vitre, la poitrine serrée par la culpabilité. Au Havre, il y avait une rue à traverser, à Lyon même pas.

Nous couvons Henri. Cela explique qu'il soit si joyeux à l'idée de quitter la maison, d'habiter dans un foyer, de vivre avec des collègues, comme il les appelle déjà, et de prendre le bus chaque matin, en compagnie de certains d'entre eux, pour aller travailler dans un nouveau CAT.

Nous préparons fébrilement sa valise, recomptons les caleçons et les chaussettes. Un souvenir me revient, qui date de quelques étés auparavant. Henri partait pour la première fois en vacances avec un groupe d'adolescents handicapés, pendant une semaine, et nous étions allées faire quelques achats pour sa trousse de toilette. Au rayon des déodorants, nous avions longuement hésité. Nous avions éliminé les sprays, trop difficiles à utiliser d'une seule main. Puis nous avions chacune choisi un modèle de stick et, le tenant de la main droite, nous avions mimé le geste de le passer sous notre aisselle droite pour voir si ce geste était possible. Ceux qui nous ont aperçues, ce jour-là, ont pu garder le souvenir de deux personnes imitant des chimpanzés en plein milieu du rayon de parapharmacie.

Henri est censé revenir à la maison tous les quinze jours. Il ne dit plus *la maison*. Il dit *place Berton.* Et quand il parle du foyer, il dit *chez moi*. La première fois qu'il revient, je suis à Lyon, moi aussi, pour le week-end. Quand nous le voyons arriver, nous poussons, ma mère et moi, des cris d'orfraie. Henri porte une boucle d'oreille et s'est acheté une veste en skaï rouge. Je grimace, ma mère se lamente. Henri passe devant nous, hautain, et va poser sa valise dans sa chambre.

Une nuit d'hiver, Henri se perd dans son quartier qu'il ne connaît pas encore très bien. Il a dans la poche de son blouson un plan qui doit le conduire de l'arrêt d'autobus jusqu'au foyer. Henri n'a aucun problème avec la gauche et la droite, mais il ne sait pas lire un plan. Beaucoup de personnes dont le cerveau n'a jamais été endommagé ne savent pas lire un plan. J'imagine très bien la scène : l'éducateur, penché sur la table de la cuisine, dessine le plan, et Henri est près de lui.

– Tu vois, l'arrêt de bus est là, presque à l'angle de la rue Paul-Eluard et de la rue Chagall. Tu prends la rue Chagall, et au deuxième carrefour, tu prends la rue du Mont-d'Or, à droite. Tu vois ?

– Je vois, répond Henri, en suivant le doigt de son éducateur sur le dessin.

– Bien, et quand tu es rue du Mont-d'Or, tu comptes un, deux, trois carrefours, et au troisième, c'est la rue du Gymnase.

– Ah, je la connais, celle-là ! dit Henri avec une pointe d'enthousiasme.

– Oui, c'est notre rue. Donc au troisième carrefour, tu tournes à gauche dans la rue du Gymnase, et tu es arrivé. C'est clair pour toi ?

– C'est clair, dit Henri, rassurant.

– Et tu te souviens à quel arrêt de bus tu dois descendre ?

– Paul Eluard, répond Henri du tac au tac.

– Bien. Et tu demandes au conducteur de t'indiquer l'arrêt. Donc c'est bon, tu es sûr que tu as compris ?

« Tu as compris ? » est la question à laquelle Henri n'a jamais répondu non de sa vie.

À présent, il est presque huit heures du soir, la nuit est tombée depuis longtemps, et Henri marche dans les rues de cette banlieue lyonnaise. Chaque fois qu'il arrive à un carrefour, il déchiffre lentement les pancartes, sort son plan de sa poche, le déplie d'une main. Il a choisi le nom d'une rue sur le plan, celui qui est écrit au milieu et dans le bon sens, horizontalement. Et si ce nom ne correspond pas à celui qui est sur la pancarte, il se remet en route. Au bout d'une heure, il en conclut que cette rue n'existe pas. Avec le sentiment d'être un fin limier, il tourne le plan et s'attache à un autre nom de rue, qui était vertical tout à l'heure, horizontal maintenant. Et il repart lire des pancartes.

À 21 heures, un éducateur part à sa recherche en voiture. À 22 h 30, ne l'ayant pas trouvé, il appelle la gendarmerie. Un peu avant minuit, Henri est aperçu par deux gendarmes, immobile sous un réverbère, son plan à la main. Il va bien, peut-être a-t-il eu un peu froid aux mains car il ne porte jamais de gants. Il replie son plan avant de monter dans la voiture.

– J'avais presque trouvé, dit-il d'un ton rassurant aux gendarmes.

Souvent, j'ai peur qu'il se perde encore. J'ai peur que quelqu'un le bouscule. J'ai peur qu'il tombe en descendant du bus. J'ai peur qu'on le brutalise, par exemple si quelqu'un lui adresse la parole et qu'Henri l'ignore, comme il le fait souvent. Quand il prend le train seul, j'ai peur que le train reste bloqué en rase campagne. Ou pire, que le train reste bloqué dans une ville. J'ai peur que son téléphone soit à court de batterie. Que personne ne vienne le chercher sur le quai de la gare.

Mon frère, toi qui peines à enjamber une flaque d'eau, toi pour qui le monde est aussi peu lisible que ce plan que tu tenais à la main, que ferais-tu si tu te perdais encore ? Et que ferais-tu si c'était la guerre ? C'est idiot, si c'était la guerre, nous serions tous perdus, apeurés, sans doute aurais-tu moins peur que nous. Toi qui reçois les mauvaises nouvelles comme de la pluie sur tes chaussures, les brimades comme une rafale de vent sur ton visage.

Mais le chagrin, Henri, où le mets-tu ? Tes yeux ne pleurent jamais. La tristesse semble ricocher sur toi. Je sais qu'elle entre pourtant, filtrée par ta vision du monde. Alors, dans quel recoin de toi-même l'enfermes-tu ?

Le jeune homme qui attendait son père sur le quai de la gare est seul dans les rues de la ville. Son père est en prison. Une tempête gigantesque se lève. Les voitures stationnées se mettent à avancer toutes seules. Les toits, les murs des maisons s'envolent. Le jeune homme passe au travers des projectiles, devient projectile lui-même, atterrit sur un lit d'hôpital qui fonce comme un bolide à travers la ville. Le jeune homme fait face au vent, raide comme un piquet, les bras le long du corps, et finit par être emporté comme un brin de paille, un roseau. Il s'accroche à un arbre, mais le vent déracine l'arbre et les emporte tous deux dans les airs. Ce jeune homme qui n'a pas de qualités, sur qui tout glisse, qui est aussi résigné que résolu, est à présent comme un objet lancé à travers un monde absurde. La main qui tient la poignée dans son dos est si puissante, et lui-même semble si frêle qu'on le voit déjà fracassé. Et pourtant, au cœur de sa nature de projectile se tient son étrange détermination, son petit noyau réfractaire, et plus il ressemble à un objet, plus il devient humain.

Henri aime écrire des lettres. Le contenu varie très peu d'un destinataire à l'autre. Il raconte sobrement ce qu'il a fait la veille – *Hier au CAT, j'ai mis les sachets de thé dans les cartons* –, ce qu'il va faire le lendemain – *Demain on va aller se promener*. Quand il est de bonne humeur, il ajoute qu'il a croisé le regard du conducteur du bus dans le rétroviseur. Et cela veut dire qu'il se sent l'ami du conducteur du bus. Parfois, dans une bouffée d'euphorie solitaire, il ajoute qu'un de ces jours c'est lui qui conduira le bus.

À cette époque, ma machine à écrire est un petit modèle électronique qu'Henri m'envie beaucoup. Lorsqu'il me voit taper, il vient admirer le mécanisme par-dessus mon épaule. Il ne manque jamais de me dire qu'écrire à la main le fatigue et qu'il aimerait bien avoir une machine comme celle-ci. Le retour du chariot, accompagné de son petit bourdonnement, le fascine particulièrement. Je projette de lui donner ma machine dès que je me serai acheté mon premier ordinateur et, en attendant, je trouve par hasard dans un magasin un objet un peu étrange, exactement entre le jouet et la vraie machine à écrire. Il est d'un joli bleu sobre, les touches sont agréables, et je décide de l'acheter pour Henri et de le lui offrir à Noël. Cette année-là, une petite fille de onze ans nommée Laura passe Noël avec nous. Henri la connaît déjà. Il est amoureux d'elle. Henri peut s'éprendre de toute jeune fille ou jeune femme entre onze et trente-cinq ans qu'il connaît depuis une demi-journée. Lorsqu'il est épris, il suit l'objet de son amour dans chacun de ses menus déplacements, à une distance d'environ un mètre. Et si elle s'assoit, il reste debout derrière sa chaise. Au bout d'un moment, il pose une main protectrice sur son dossier. De temps en temps, il l'interpelle.

– Tu as vu ? lui demande-t-il.

– Quoi ?

– Eh bien, je suis là !

Ce soir de Noël, Henri a bu un peu de champagne et il s'enhardit. Il réduit sa distance quand il suit Laura du canapé à la cuisine, de la cuisine au sapin. L'ouverture des cadeaux le distrait un peu de sa microfilature. La machine à écrire lui plaît, même s'il note tout de suite que c'est une simple machine mécanique. Il est pressé de vérifier s'il y a de l'encre et me demande du papier. La petite sonnette qui signale la fin de la ligne l'enchante. Comme il n'y a de place nulle part ailleurs, nous posons la machine sur une commode dans un coin du salon et faisons quelques essais. Je lui montre la touche espace, la touche majuscule, et comment déplacer le chariot, puis nous nous mettons à table. Henri s'assoit près de Laura. Il lui dit :

– Est-ce que tu as vu, Laura ?

– Quoi ?

– Je suis assis à côté de toi !

Il rit tout seul puis il ajoute, pensant la rassurer :

– Ne t'inquiète pas, je te surveille.

Pendant le repas, il s'enfonce doucement dans le silence et l'engourdissement. Henri n'est pas un couche-tard, et le verre de vin qu'il a bu après le champagne de l'apéritif a eu raison de sa gaîté.

À la fin du repas, les adultes boivent du café, les enfants jouent, et Henri, qui n'appartient à aucune des deux catégories, erre dans le salon. S'il s'assoit, il s'endort aussitôt. Alors il se tient debout, droit comme un lampadaire dont l'ampoule clignote dans le petit jour avant de s'éteindre. Quelqu'un lui dit : « Henri, tu devrais aller te coucher. » À la deuxième ou troisième incitation, il déclare à voix basse, pour lui-même : « Bon, je vais me coucher. »

À deux heures du matin, il ne reste plus au salon que quelques verres sales, des jouets éparpillés et des lambeaux de papier cadeau que je fais semblant de ramasser en éteignant les lumières. La machine à écrire est toujours posée sur la commode, une feuille glissée sous le chariot. En haut de la page je distingue trois lignes, je m'approche pour les lire.

*Laura je t'aime.*

*Est-ce que tu m'aimes.*

*Non je ne t'aime pas.*

J'imagine le petit « ah » sorti de la bouche d'Henri lorsqu'il a lu la réponse. Un accusé de réception poli, presque enjoué, comme lorsque quelqu'un vient de dire : il paraît qu'il va pleuvoir. J'entre dans sa chambre. Je distingue à peine son visage endormi dans la pénombre. Ses vêtements sont posés sur sa chaise et ses chaussons soigneusement alignés au pied de son lit. Il a l'habitude.

*Il y a des gens qui traversent la vie en se faisant des amis partout... tandis que d'autres ne font que traverser la vie.*

Le film *Go West* raconte l'histoire d'un jeune homme sensible aux injonctions. Si on lui dit de partir vers l'est pour chercher fortune, il monte dans un train en direction de l'est. Et si on lui dit ensuite que c'est vers l'ouest qu'il faut aller, il reprend le train dans l'autre sens.

Parce qu'il a lu ces mots sur le socle d'une statue *Go west, young man, go west*, le jeune homme prend aussitôt la direction indiquée par le bras tendu de la statue et monte dans un train qui l'abandonne au milieu d'un paysage aride où il ne se fera aucun ami – il s'appelle Friendless –, à part une vache aussi solitaire que lui.

Au début du film, on voit le jeune homme tirer un lit en fer hors de sa maison. Sur ce lit, il a entassé tout ce qu'il possède : un petit poêle à bois déglingué, une table de chevet, une cuvette en faïence avec sa cruche, un peu de linge. Pourquoi part-il ? Est-ce de la bonne volonté qu'on lit sur son visage ? Presque. Mais bien que le jeune homme soit déterminé, le mot volonté est un peu trop fort pour lui. Et ce n'est pas de si bonne grâce non plus qu'il abandonne sa maison. C'est juste une injonction qui, chez lui, est devenue mouvement.

Il traîne son lit jusque chez le brocanteur. Plus exactement chez l'épicier-droguiste-brocanteur, qui tient l'unique magasin de cette petite ville de l'Indiana. L'épicier évalue en une seconde le lit et ce qu'il y a dessus.

– Je vous en donne 1,65 $.

Comme il n'a pas le choix, le jeune homme accepte. Puis il dit :

– Ce n'est pas la peine que je vous demande si vous auriez un travail pour moi ?

– Non, ce n'est pas la peine, répond l'épicier.

Alors le jeune homme ouvre le tiroir de la table de chevet pour y prendre ses effets personnels : sa brosse à dents, son blaireau, son rasoir.

– Pardon, dit l'épicier, vous m'avez vendu ces objets ! Si vous souhaitez les emporter, vous devez me les racheter.

Le jeune homme rachète son rasoir, son blaireau, sa brosse à dents. Et la photo de sa mère.

Dialogue entre Henri et nous.

NOUS : Henri, qu'est-ce que tu voudrais faire cet après-midi ?

HENRI : Si on allait au cinéma ? Qu-qu-qu-qu'en penses-tu ?

NOUS : Oui… Si on allait plutôt faire des courses aux Nouvelles Galeries ? En fait on a des courses à faire.

HENRI (sombre) : Pourquoi pas ?

NOUS : Tu te souviens, la dernière fois que nous y sommes allés, on a vu l'automate… tu sais, le lutin géant.

HENRI : Ah oui !

NOUS : On pourrait retourner le voir.

HENRI : Si tu veux…

NOUS : Et tu te souviens, quand on a perdu un paquet en bas de l'escalator ? Et qu'on a essayé de descendre l'escalator qui montait pour le récupérer ?

HENRI : Ah oui !

NOUS : C'était drôle, non ?

HENRI (s'esclaffant) : Ah oui, c'était très drôle !

NOUS : Bon, alors ça te va, qu'on aille là-bas, cet après-midi ?

HENRI : Oui, oui.

NOUS : Ça te fait plaisir ?

HENRI : Oui, Oui. Si tu veux, je t'aiderai à porter les paquets, comme ça, t-t-t-tu n'en perdras pas dans l'escalator. (Rires.)

NOUS : Très bien.

Le vent sur l'eau a tourné. Tourne, petit bouchon de liège.

Il peut arriver à Henri d'ignorer délibérément le sens du vent s'il ne souffle pas trop fort à ses oreilles. Une veille de week-end prolongé, alors qu'il a un billet de train pour Paris le samedi après-midi, il décide de partir le vendredi, après son travail. Au foyer, personne ne s'aperçoit qu'il part un jour plus tôt. Il prend l'autobus, la correspondance, et arrive à la gare de la Part-Dieu. Quelqu'un le prend en charge, comme d'habitude, à l'accueil en gare pour les handicapés et le met dans le train, sans s'apercevoir non plus que le billet est pour le lendemain.

Pourquoi est-il parti ? Parce que d'habitude il part le vendredi et non le samedi et qu'il n'aime pas cette modification ? Parce qu'il craint que son week-end ne soit trop court ? Il sait pourtant que François, qui doit venir le chercher à la gare, n'est pas à Paris aujourd'hui. Et que c'est pour cela, justement, que le billet est pour le samedi.

Ma mère m'appelle, affolée. Elle a trouvé sur sa

messagerie un message laconique d'Henri lui disant qu'il était dans le train. J'ai tout juste le temps de partir à la gare. Quand je le retrouve sur le quai, je le sermonne.

– Mais enfin, qu'est-ce qui t'a pris de monter dans ce train ! Tu savais très bien que tu devais partir demain ! Et si mon téléphone avait été éteint ! Et si je n'avais pas été là ! Personne ne serait venu te chercher, tu te rends compte ? Tu aurais pu rester des heures sur ce quai ! Tu es fou, ou quoi ? Qu'est-ce qui te serait arrivé, ensuite ? Tu te rends compte, ou pas ?

– Je me rends compte, me dit Henri pour avoir la paix.

Je l'emmène à la maison, l'installe devant la télévision. Il est à Paris, il est content. (Bien sûr, ce serait plus agréable si sa sœur ne lui répétait pas sans cesse : Et si j'avais été absente ? ou Ne refais jamais ça, tu m'entends ?)

Pour se faire pardonner, il me propose son aide pour vider le lave-vaisselle, mettre la table, et même allumer les lampes sur mon passage.

Dans *Go West*, dès que le jeune homme arrive quelque part, le monde se vide autour de lui. Quand il marche dans la foule, il semble toujours à contresens et tout le monde le bouscule. Quand il travaille dans une ferme et qu'il arrive dans la salle commune pour déjeuner, les autres cow-boys ont justement fini de manger et se lèvent de table comme un seul homme à l'instant où il s'assoit.

C'est ainsi qu'il devient l'ami d'une vache – que le reste du troupeau déteste.

À l'époque où nous avions un chien, Henri passait des heures, assis sur le canapé, la tête du chien sur ses genoux. Le chien lui chauffait les pieds, le regardait avec amour ou somnolait tout simplement, la main d'Henri posée sur sa nuque. Henri ne parlait pas, ne bougeait pas, ne riait pas. Il glissait au chien des sourires esquissés, des regards graves. Ils ressemblaient tous deux au jeune homme et à sa vache, deux êtres dans une bulle de solitude infranchissable. Le salon autour d'eux paraissait immense, aussi silencieux qu'un désert.

Comme un enfant qui ne veut plus que sa mère vienne le chercher à la sortie de l'école, Henri supporte mal que nous l'appelions au téléphone lorsqu'il est au foyer. Il met souvent son téléphone sur répondeur. Pour organiser les week-ends, les vacances, prendre rendez-vous chez le dentiste ou l'orthopédiste, et lui montrer qu'il ne peut pas se débarrasser de sa famille quand ça lui chante, ma mère appelle sur la ligne du foyer, et c'est pire.

Henri n'ose pas l'attaquer frontalement. C'est à moi qu'il écrit :

*Chère sœur, s'il te plaît, est-ce que tu peux dire à maman qu'elle arrête de m'appeler parce que sinon je vais me remettre sur répondeur.*

*Chère sœur, est-ce que tu peux dire à maman qu'elle évite de m'appeler parce que un jour ou l'autre, je vais péter un plomb.*

*Chère sœur, est-ce que tu peux dire à maman qu'elle arrête de m'appeler, ça me fera très plaisir, sinon j'envoie quelqu'un d'autre, et je n'ai pas une tête à rigoler, j'espère que je me fais bien comprendre.*

*Chère sœur, s'il te plaît, est-ce que tu peux dire à maman d'arrêter de m'appeler, parce que bientôt, mes oreilles, elles vont fumer.*

Henri a goûté à l'indépendance, à l'émancipation, il ne veut plus revenir en arrière. Le symbole de cette émancipation est un vélo, équipé de roulettes, avec lequel il a l'autorisation d'aller faire quelques courses seul dans son quartier. C'est un peu comme si, après des années passées à tourner en rond sur le petit chemin qui ceinturait notre jardin au Havre, la porte s'était enfin ouverte sur la route, la vraie. Sous la surveillance de ses éducateurs, Henri a appris à respecter les stops, à tenir sa droite et à tendre son bras quand il tourne. Quand il pédalait dans le jardin, il s'inventait déjà des feux rouges et des stops, mais au lieu de tendre le bras, il clignait de l'œil, car il trouvait cela plus proche d'un vrai clignotant.

L'idée de ce vélo vient des éducateurs. S'il n'avait tenu qu'à nous, la porte du jardin serait restée fermée.

Un samedi matin, Henri se rend au bureau de tabac pour acheter des timbres. Sûrement est-il de mauvaise humeur ce jour-là. Peut-être l'avons-nous contrarié par un coup de téléphone, peut-être est-ce un éducateur qui l'a contrarié en lui demandant de prendre ses heures de réduction de temps de travail. Peut-être est-il fâché parce qu'au CAT, il s'est encore vu refuser le droit de travailler sur la fameuse machine qui fait des trous dans des rondelles.

Au bureau de tabac, il demande un carnet de

timbres. Il aimerait ajouter « Et que ça saute », mais il n'ose pas. Il paie, met les timbres dans la poche de son blouson et remonte sur son vélo. À quelques mètres devant lui, une femme traverse. Elle a un peu plus de soixante-dix ans, elle est en train de faire ses courses. Henri ne freine pas. Il ne cherche pas non plus à l'éviter. Il la percute. Elle tombe. Il ne s'arrête pas. Il rentre au foyer, gare son vélo, ne parle à personne, monte dans sa chambre. Dans l'escalier, quelqu'un lui demande si tout va bien. Pour toute réponse il souffle par le nez. Une fois dans sa chambre, il sort les timbres de sa poche, puis enlève son blouson. Il s'assoit à son petit bureau. Que voulait-il faire, déjà ? Ah oui, écrire une lettre. Eh bien, il va l'écrire. « Je vais me gêner ! » marmonne-t-il tout bas. La machine à écrire électronique que sa sœur lui a récemment donnée est rangée sur une étagère. La cassette d'encre est vide, et cela ajoute à sa mauvaise humeur. Cette machine consomme les rubans à une vitesse effarante. Henri sort son bloc de papier et une enveloppe. Il hésite à commencer sa lettre. Il songe que s'il l'écrit, il devra aller la poster. Reprendre son vélo, retourner sur les lieux de son crime. Alors il se dit qu'il la postera demain. Demain, cette femme ne sera sûrement plus allongée en plein milieu de la chaussée, elle sera partie. Demain sera un autre jour. Pour retrouver un peu d'entrain, il commence par ce qu'il préfère : un grand coup de tampon au dos de l'enveloppe pour imprimer son nom et son adresse. Ce tampon, reçu à Noël, est l'un des objets qu'il préfère au monde. En haut de la feuille, à droite, il écrit soigneusement la date. Il est presque midi. Il entend le téléphone sonner, et sa mâchoire se crispe. Quelques instants plus tard, dans l'escalier, un éducateur l'appelle. Henri se compose une tête de bouledogue.

– Henri ? Henri, tu peux venir, s'il te plaît ?

En milieu d'après-midi, ce même samedi, le téléphone sonne chez ma mère. Un éducateur lui apprend qu'Henri a renversé une vieille dame avec son vélo. En tombant, elle s'est blessée au poignet. C'est peut-être une fracture, ils attendent des nouvelles. A priori elle ne portera pas plainte. Le problème, c'est qu'Henri ne manifeste aucun regret. En conséquence, son vélo est provisoirement confisqué. Ma mère demande à parler à Henri. Il est assis dans la cuisine, le visage fermé. Il est exaspéré par cette journée, par ces gens qui lui parlent, lui posent des questions, et maintenant le pressent de se lever pour prendre le combiné du téléphone sur la tablette du vestibule. S'il n'y avait qu'eux, jamais il ne se lèverait de sa chaise. C'est le combiné qui l'oblige à se lever, l'idée du combiné décroché, avec quelqu'un à l'autre bout du fil, qui attend.

Le plus difficile, c'est de prendre ce téléphone dans sa main. Henri le fait, et soudain, la sensation d'être face à tant d'adversité lui redonne des forces. Oui, dit-il, il a écrasé cette dame. Parce qu'elle traversait en dehors du passage piétons.

En parlant avec Henri, ma mère comprend que non seulement il n'a pas souhaité éviter la dame, mais qu'il a peut-être même fait un léger écart pour la percuter.

Les jours passent, lundi, mardi, mercredi, Henri ne semble pas du tout décidé à écrire une lettre d'excuses à sa victime. Il n'a pas de chance, le week-end suivant, il doit justement venir à Paris, et en plus, ma mère fait le voyage en train avec lui. Le premier soir, c'est chez moi qu'il dort. Il me dit bonjour avec une chaleur inhabituelle. Il espère sans doute que si ce week-end débute dans la joie et la bonne humeur, j'hésiterai à ternir l'atmosphère. Il n'a pas tort, je m'étais moi-même promis de lui accorder un peu de répit après deux heures de train entre interrogatoire, sermon et menaces. Mais c'est à peine si je le laisse enlever son manteau.

– Alors, Henri, c'est quoi, cette histoire ?

J'essaie de mettre de la douceur et de la compréhension dans ma voix, de faire le gentil flic, le flic malin qui sait obtenir les aveux et la contrition. Henri ne répond pas. Il regarde ailleurs, il comprend qu'il en a pour un moment, alors il s'appuie d'une main sur la table.

MOI : Henri, tu sais que c'est grave, ce que tu as fait. Cette dame aurait pu porter plainte... Tu sais ce que ça veut dire, porter plainte ? Ça veut dire aller à la police.

HENRI : Elle a pas intérêt.

MOI : Henri, c'est toi qui n'as pas intérêt à ce qu'elle porte plainte. C'est toi qui as renversé cette dame. Pourquoi as-tu fait ça ?

HENRI (fatigué de devoir de nouveau s'expliquer sur ce point) : Non, mais c'est parce qu'elle a traversé en dehors du p-p-p-passage piétons, c'est pour ça.

MOI (avec calme, toujours, le bon flic ne se lasse pas d'entendre l'argument de l'accusé) : Tu veux dire que tu as roulé sur cette dame parce qu'elle traversait au mauvais endroit ?

HENRI (heureux d'être enfin compris) : Oui, oui, c'est pour ça ! D'abord je l'ai fixée avec mon regard pour lui dire de ne pas traverser. Mais elle l'a fait quand même, alors je lui ai roulé dessus comme ça, hop ! (Il fait un geste définitif.)

MOI : Henri, on ne roule pas sur les gens parce qu'ils traversent en dehors du passage piétons !

HENRI (catégorique) : On n'a pas le droit de traverser en dehors du p-p-passage piétons.

MOI : On a encore moins le droit de renverser les gens ! C'est absolument interdit ! Tu vas écrire une lettre d'excuses à cette dame.

HENRI (secouant la tête, comme s'il s'agissait d'une demande irrecevable) : Non-non-non – non… (Il tapote impatiemment le bord de la table.)

MOI (criant) : Tu veux conduire ? Tu ne connais même pas ton code de la route ! JAMAIS on ne roule sur les gens, tu entends, JAMAIS !

HENRI (la voix plus faible) : Non, mais c'est elle qui a traversé…

MOI : Mais tu es bête ou quoi ? Tu veux que je te dise ? Si c'est comme ça, ton vélo, tu ne le reverras JAMAIS !

Henri fait claquer sa langue derrière ses incisives. Je m'assois et allume une cigarette. Henri me demande s'il peut aller poser son sac à dos dans la chambre où il dort. Et si ça ne me dérange pas qu'il aille boire un verre d'eau à la cuisine.

– Fais ce que tu veux.

Il quitte la pièce de son pas raide. Offensé et digne. Le week-end passera sans que j'obtienne sa reddition. Une dizaine de jours plus tard, les éducateurs parviennent à ce qu'il écrive une lettre. La première version commence par *Chère madame* et se termine par *La prochaine fois, j'espère que tu feras attention*. Lorsqu'il a enfin écrit une lettre acceptable, Henri récupère son vélo. Au bout de quelque temps, il s'en lasse. Il préfère le bus.

Dans *Sherlock Junior*, le jeune homme travaille dans une salle de cinéma. Il est projectionniste, et c'est aussi lui qui fait le ménage. En balayant après la séance, il trouve un billet d'un dollar. C'est exactement l'argent qu'il lui manque pour acheter un cadeau à la demoiselle dont il est épris. Il met le billet dans sa poche. Au même moment arrive une jeune femme qui marche en inspectant le sol. Elle se baisse pour fouiller le tas de papiers par terre.

– Excusez-moi, dit-elle, vous n'auriez pas vu un billet d'un dollar ?

Le jeune homme porte la main à sa poche, il a un instant d'hésitation.

– Vous pouvez le décrire ?

La jeune femme joint ses mains pour dessiner un rectangle :

– Il était vert, rectangulaire, à peu près de cette taille-là…

Le jeune homme sort à regret le billet de sa poche et l'examine. Oui, il correspond bien à la description. Il le tend à la jeune femme.

– Quand vous êtes-vous brisé la nuque ? lui demande le médecin.

Keaton secoue la tête. Il se rappelle s'être brisé à peu près chacun de ses os, mais pas la nuque. Sur le décor de *The Electric House*, sa chaussure se coince au sommet de l'escalier roulant. Tandis qu'il essaie en vain de dégager son pied, l'escalier tente d'avaler la chaussure. Avant que quelqu'un ait pu couper l'alimentation, on entend le craquement d'une cheville brisée. La chaussure est éjectée, Buster lâche la rampe, tombe d'un étage et s'évanouit. Deux mois d'immobilisation, plus deux mois sans courir ni sauter. Le film est provisoirement annulé. Buster ne sait tellement pas quoi faire qu'il en profite pour se marier.

Il se souvient de la fois où il devait sauter du toit d'un immeuble à un autre et où il s'est écrasé contre la façade avant de tomber dans le filet. Il se rappelle avoir perdu connaissance en tombant sur la tête dans une scène de *Battling Butler*. Avoir été soufflé par une explosion dans *Le Mécano de la « General »*. Avoir failli mourir dans les rapides, sur le tournage de *Our Hospitality* lorsque la corde attachée à sa taille s'est rompue et que la rivière l'a emporté, le cognant d'un rocher à un autre sur plus de cinq cents mètres, avant qu'il ne parvienne à s'agripper à une branche. Il se souvient, dans ce même film, de la scène où, suspendu à un arbre, la tête en bas, il devait attraper sa fiancée au vol, au sommet de la cascade. Il avait avalé tellement d'eau qu'il avait fallu lui donner les premiers secours. Mais la nuque, non.

– Si c'est bien une radio de vos cervicales que j'ai sous les yeux, dit le médecin, je puis vous affirmer que vous vous êtes brisé la nuque.

Keaton chausse ses lunettes pour regarder le petit trait gris que pointe le médecin sur le cliché. Alors lui revient le souvenir d'une chute sur le tournage de *Sherlock Junior*. Le train roule, et lui court sur le toit. Il saute d'un wagon à l'autre. Arrivé au dernier, il saisit une corde accrochée à une grosse citerne au bord de la voie. Cela déclenche l'ouverture de la citerne et toute l'eau lui tombe dessus. Mais il n'avait pas songé à la force que représentent des centaines de litres d'eau qui s'abattent d'un coup. Il est violemment projeté au sol, la tête contre un rail. Il se souvient d'une douleur fulgurante et d'un mal de tête qui l'oblige à se coucher… jusqu'au lendemain. Et la nuque ? Et la nuque.

En 1987, le réalisateur Charles Lamont, qui fut lui aussi un enfant acrobate, apparaît brièvement dans un documentaire consacré à son ami Keaton. C'est un vieux monsieur à la voix enrouée, aux intonations vives, aux yeux très bleus, et dont le visage semble légèrement écrasé entre son col de chemise et le béret noir qui cache son front et lui descend sur l'oreille. Il évoque les débuts de Keaton sur scène et ses chutes dans la fosse d'orchestre. « Bien sûr, il devait se faire mal, dit-il, avec un mélange d'insistance et de placidité. C'était une personne de chair et de sang, pas un morceau de bois. Mais il avait appris à se protéger afin d'éviter toute blessure sérieuse. »

– Pourquoi n'avez-vous jamais embauché de cascadeur ? demande le médecin.

– Parce qu'un cascadeur n'est pas drôle, répond Keaton.

Natalie Talmadge et Buster Keaton se marient au printemps 1921. Peg Talmadge, la mère de Natalie, ne bondit pas d'enthousiasme à l'idée de marier sa fille à un simple comédien. Un comique, en plus. D'un autre côté, songe-t-elle en versant une nouvelle rasade de whisky dans son thé, que faire de cette petite ? Elle a vingt-quatre ans, ses deux sœurs sont des actrices célèbres, et elle non. Personne ne l'a jamais remarquée. Après tout, le petit Buster gagne très bien sa vie. Peg Talmadge sait exactement combien Buster gagne puisque c'est son autre gendre, Joseph Schenck, qui fixe ses salaires. Ce qui est bien, se dit-elle, c'est que ça reste dans la famille.

Dès qu'elle apprend que Natalie est enceinte, Peg quitte sa suite de l'hôtel Ambassador à New York pour emménager à Hollywood, avec les jeunes mariés.

– Il nous faut une maison plus grande, dit Natalie.

Ils déménagent une première fois. Quelques semaines plus tard, ce sont ses sœurs Constance et Norma qui les rejoignent. Norma a convaincu son mari de transférer les studios de New York en Californie afin qu'elle puisse s'occuper de sa petite sœur. « Je n'ai jamais vu une famille aussi soudée, se souvient poliment Buster Keaton. Mais je crois qu'ils m'aimaient bien. »

– Buster, il nous faut une maison plus grande, dit à nouveau Natalie, les mains posées sur son gros ventre, tandis que le bout de son petit pied tape impatiemment le sol.

Buster achète donc une maison encore plus grande. Il a l'impression légèrement désagréable d'avoir épousé non une femme, mais une famille entière. Cependant il est heureux car il vient d'avoir un petit garçon, qu'il a prénommé Joseph comme tous les premiers-nés chez les Keaton. C'est un bébé magnifique et charmant. Pour l'instant, il bouge très peu, heureusement, car il est décoré comme un sapin de Noël. Il nage dans les rubans roses. Natalie était certaine d'attendre une fille et refuse absolument de les enlever. Cela n'a pas d'importance. Joe et Myra viennent d'arriver, et Joe passe son temps à courir comme un fou dans les escaliers de la grande maison pour faire entrer les visiteurs et leur présenter son petit-fils, Joseph Keaton, le septième du nom. Buster et lui ne savent pas encore que l'enfant, en fait, ne s'appelle plus Joseph mais James. C'est James que Natalie a fait inscrire sur le registre de l'état civil. Elle a négligé pour le moment d'en informer son mari. Il travaille tellement, de toute façon.

Le film que tourne alors Keaton s'appelle *My Wife's Relations*. Dans cette histoire, à la suite d'un quiproquo, un jeune homme se retrouve marié en cinq minutes à une mégère, une femme qui ressemble davantage à un sanglier qu'à un être humain. Aucun des deux n'a compris ce qui se passait, l'acte de mariage auquel ils ont dit oui était en polonais. Les voilà mariés à présent, et la femme décide de ramener son époux chez elle, un peu comme si, au marché, on lui avait fait cadeau d'un cageot de tomates. Elles ne sont pas bien grosses et sont un peu abîmées, mais bon, ça ne lui a pas coûté un centime. Chez elle vivent également son père et ses frères, une bande d'ours encore plus massifs et mal léchés qu'elle. Joe Roberts, acteur fétiche de Keaton, joue l'un des frères. Il est aussi moustachu que chauve, et c'est une montagne. La femme entre et balance son butin dans la salle à manger. « J'ai un mari », annonce-t-elle. Une horde virile s'approche du jeune homme. Il est palpé, mesuré, on inspecte ses dents, on le soulève du sol pour l'examiner de plus près, puis on le laisse retomber par terre. Le lendemain, en fouillant dans les poches de son mari, la mégère trouve un télégramme et croit soudain qu'elle a épousé quelqu'un d'immensément riche. Elle veut aussitôt prévenir son père et ses frères afin qu'ils changent de comportement envers son époux. Quelle malchance : le père – joué par Joe Keaton – vient justement d'assommer le jeune homme d'un formidable coup de pied à la tête. On s'affole, on ranime le jeune homme, on le dorlote. On s'empresse de louer une somptueuse villa et d'organiser une grande réception en l'honneur des mariés. Puis on s'aperçoit que ce n'était qu'une méprise et que le jeune homme est pauvre comme Job. Le père est si furieux qu'il descelle les briques de la cheminée une par une pour les jeter sur son gendre.

Deux ans après *My Wife's Relations*, dans une nouvelle maison encore plus grande que les trois précédentes, que Buster vient tout juste de faire construire à Beverly Hills, Constance Talmadge est prise d'un étourdissement au petit déjeuner, en lisant le journal. On parle d'elle, comme souvent, mais cette fois il est écrit : « Constance Talmadge, la belle-sœur de Buster Keaton. »

Buster Keaton traverse ses années de mariage comme un voyageur un peu perdu dans une contrée froide et hostile. Il arrive cependant au jeune homme sur l'écran de tomber amoureux. Est-il amoureux ? N'est-ce pas plutôt l'amour qui s'empare de lui, qui brusquement saisit la poignée dans son dos ?

Dans la chambre qu'il loue au dernier étage d'une pension, le jeune homme attend, assis sur une chaise, dans ses plus beaux vêtements. Il espère depuis l'aube un appel téléphonique de celle qu'il aime. Elle ne lui a pourtant rien promis. Elle lui a dit : « Je ne suis malheureusement pas libre demain, mais donnez-moi votre numéro, il se peut que je vous appelle. » Le téléphone est au rez-de-chaussée. Chaque fois qu'il sonne, le jeune homme jaillit de sa chambre et dévale les trois étages de la maison, dessinant sur l'écran une série de z parfaits. Mais l'appel n'est jamais pour lui. Il reprend lentement l'escalier. Un étage, deux étages, trois étages…

Totalement absorbé par cet amour, par son attente, il ne s'aperçoit pas qu'il est monté trop haut et qu'il est arrivé sur le toit. Le téléphone sonne à nouveau. Il se reprécipite au rez-de-chaussée. Emporté par son élan, il descend un étage trop bas et se retrouve à la cave. Il remonte et bondit sur le téléphone. C'est elle. Elle lui dit que son rendez-vous est finalement annulé et qu'elle aimerait beaucoup le voir. Il n'entend pas la suite car il est déjà parti. Il s'est jeté dans la rue. Il court aussi vite qu'un être doté de jambes peut courir. Il court comme une flèche à travers les rues, les avenues, les files de voitures. Sa trajectoire est la plus droite possible, il court de toute son âme, il est la course même. Lorsqu'il arrive, la jeune femme est encore en train de lui parler. Il attend qu'elle ait raccroché. Elle ne tarde pas à le faire, car elle vient de s'apercevoir qu'il n'y a plus personne au bout du fil. Quand elle se retourne, il est là, en face d'elle, et lui dit : « Pardonnez-moi si je me suis fait attendre. »

Pour *Steamboat Bill Jr.*, Keaton a prévu une gigantesque inondation, des maisons et des voitures qui flottent et se promènent, des maisons qui se remplissent d'eau inexorablement, menaçant de noyer leurs occupants, des façades qui sombrent comme des paquebots. Quelques semaines avant le début du tournage, il reçoit un appel de Joseph Schenck. Cette idée d'inondation le gêne beaucoup. Ce n'est pas un bon sujet de comédie. Le Mississippi en crue ne vient-il pas de tuer des dizaines de personnes ? C'est de mauvais goût, les spectateurs risquent d'être choqués, il faut trouver autre chose. Keaton a beau objecter que lorsque Chaplin a fait *Charlot soldat*, personne n'a songé qu'il se moquait des combattants morts au champ d'honneur, rien n'y fait. Il est possible que Joseph Schenck ait un peu perdu de son enthousiasme ces derniers temps. *Le Mécano de la « General »*, film épique dont le tournage fut en soi une épopée, avec ses accidents, son incendie de forêt, ses cinq cents figurants qu'il fallait nourrir et loger, et son spectaculaire accident de train, célèbre surtout pour son coût exorbitant, *Le*

*Mécano de la « General »*, donc, a coûté beaucoup plus d'argent qu'il n'en a rapporté. Le film suivant, *College*, n'a eu que peu de succès.

– Un ouragan ? propose Keaton.

– Un ouragan, c'est beaucoup mieux.

Keaton se garde bien de dire à Schenck que les ouragans font chaque année davantage de victimes que les inondations. Ce qui est dommage, c'est que les décors étaient prêts et qu'il faut en grande partie les reconstruire. Fred Gabourie, décorateur de génie, fidèle de Keaton depuis vingt-cinq films, s'y emploie aussitôt. Il prévoit des systèmes combinés de poulies et de leviers pour que les éléments de décors puissent se soulever du sol sur l'action d'une simple manette. Il prévoit des maisons qui se promènent, des maisons volantes, des voitures qui roulent toutes seules et des moteurs d'avion pour faire souffler un vent phénoménal. Keaton se frotte les mains, cet ouragan lui a donné des dizaines d'idées nouvelles, et n'empêche en rien le final qu'il avait prévu dans l'eau. La prison dans laquelle est enfermé le père du héros, poussée par le vent, glissera dans le fleuve, deviendra une maison flottante, puis se remplira d'eau inexorablement, menaçant de noyer son occupant.

Le clou du film est l'instant où la façade d'une maison s'abat d'un coup sur William Canfield Jr. Il se tient debout devant la maison, tournant le dos à la porte d'entrée. La façade entière lui tombe dessus, et il passe miraculeusement à travers la fenêtre ouverte du premier étage. L'instant d'après, il est toujours debout, au milieu des décombres, à peine conscient de ce qui vient de lui arriver.

La façade amovible pèse cinq cents kilos. Il fallait qu'elle soit suffisamment solide et parfaitement rigide pour pouvoir tomber d'un bloc. Elle est maintenue par deux câbles qui devront être coupés rigoureusement en même temps, car Keaton dispose de moins de dix centimètres de marge, en haut, en bas et de chaque côté, dans l'encadrement de la fenêtre. Quand les câbles seront coupés, un assistant donnera une dernière poussée à la façade, avant de filer se cacher à l'arrière-plan. Il ne peut y avoir qu'une seule prise. Le réalisateur a prévenu qu'il n'y assisterait pas, c'est au-dessus de ses forces, il préfère se retirer dans un coin pour prier.

La veille du tournage de cette scène, Keaton a un entretien avec Joseph Schenck. Schenck lui annonce qu'il arrête la production indépendante pour se consacrer uniquement à la direction de United Artists, son « deuxième travail ». Cela signifie tout simplement la fermeture des Studios Keaton. Mais, précise-t-il, il s'est arrangé avec son frère, Nicholas Schenck, président de Loew's Incorporated, qui possède la Metro-Goldwyn-Mayer. Keaton est attendu là-bas, à la MGM, son contrat est déjà prêt, tout ira bien. D'un président à un autre, d'un frère à un autre, ça reste dans la famille.

Keaton est totalement abasourdi. Schenck est l'homme qui, il y a dix ans de cela, s'est préoccupé d'envoyer chaque mois de l'argent à Joe et Myra pendant que leur fils était mobilisé en France. Il est aussi celui qui n'a pas hésité à lui prêter une énorme somme d'argent pour l'achat de sa maison. Il est surtout l'homme grâce à qui il a réalisé trente films dans la plus totale liberté. C'est comme si son propre père venait de l'abandonner. Ironie du sort, Keaton vient juste de tourner la scène au cours de laquelle William Canfield père, désespéré par son fils, le congédie sans un mot, en lui laissant sur une table un billet de retour et un peu d'argent.

Lorsqu'il sort de cet entretien, c'est comme si le ciel venait de lui tomber sur la tête. Et les cinq cents kilos de la façade, soudain, ne pèsent plus rien.

Cette façade, voilà qu'on la dresse lentement sur son axe. On fait d'ultimes vérifications. Quand tout est prêt, la moitié de l'équipe, terrifiée, déserte le plateau. L'opérateur essuie pour la dixième fois ses mains moites sur son pantalon, il guette le signal de l'acteur. Keaton a placé ses pieds exactement sur la marque. Il a bien en tête le mouvement qu'il va faire, le bras levé pour se frotter la tête, avec un air légèrement hébété, au moment où la façade s'abattra. L'encadrement de la fenêtre frôlera presque son coude. Il fait signe à l'opérateur qu'il est prêt. Pour la première fois de sa vie, ce qui arrive la seconde d'après ne lui importe guère.

On lui promet énormément d'argent, des studios immenses. On lui promet qu'il pourra conserver une partie de son équipe. On lui accorde un droit de regard sur la mise en scène et le scénario. Le scénario ? s'étonne Keaton. Le scénario, pour lui, ce sont quelques mots qui doivent tenir sur une carte postale. Il faut une bonne idée de départ, ensuite il faut inventer une bonne fin. Et le milieu se trouve tout seul. C'est ainsi qu'il a fait la plupart de ses films. C'est ainsi qu'il est devenu presque aussi célèbre que Chaplin et Harold Lloyd. Il demande d'ailleurs conseil à Chaplin, qui lui répond : « Ne signe pas, ils auront ta peau. » Harold Lloyd lui dit exactement la même chose.

De toute façon c'est trop tard, il a signé. Sur un format carte postale, il note : *un type pas très doué s'improvise cameraman.*

– Très bien, lui dit Nicholas Schenck. Maintenant, il faut écrire un scénario.

– Où sont les gens de mon équipe ? demande Keaton.

– Ils sont là.

Ils sont là, à la MGM, mais ils ne sont pas forcément disponibles. On les a affectés sur d'autres films que les siens.

En revanche, des divisions d'insectes s'insinuent partout et se mêlent de tout, en premier lieu du scénario. Un parfum d'apitoiement sur soi et de manichéisme tout à fait étranger à Keaton se glisse dans son histoire. Il parvient cependant à ce que *Le Caméraman* lui ressemble. Le film est un grand succès.

– Vous voyez bien, s'apprête-t-il à dire, espérant regagner un peu d'autonomie.

– Tu vois, l'interrompt Nicholas Schenck. C'est la preuve que nous avions raison. Nous sommes sur la bonne voie.

Nous sommes sur la bonne voie signifie : il faut que nous intervenions davantage. Ce n'est peut-être pas Nicholas Schenck lui-même, d'ailleurs, qui prononce cette phrase. Il s'est empressé après la signature du contrat de confier Keaton à Irving Thalberg, qui ne s'intéresse pas à la comédie mais adore le bridge. Comme Keaton est l'un des meilleurs joueurs de bridge de la ville, il se réjouit beaucoup de jouer avec lui. Et pour ce qui concerne le travail, Thalberg a refilé Keaton à son beau-frère Laurence Weingarten. Weingarten n'aime pas la comédie non plus, et n'y entend rien du tout. Sa spécialité, ce sont les films bibliques. Mais savoir lequel de ces hommes s'est employé le plus sûrement à sceller le cercueil de Buster Keaton n'a guère d'importance. La MGM est un pays totalitaire, le mot conversation ne figure pas dans son lexique interne.

Le film suivant lui ressemble beaucoup, beaucoup moins. Son personnage n'est plus hors du monde, il s'est tristement fondu à l'intérieur. Son obstination, sa solitude et sa permanente inadéquation demeurent, mais elles ont perdu leur beauté et ne sont plus qu'une forme de bêtise pathétique et banale. Il s'appelle Elmer, à présent, quel que soit le film. Les films ont pour titre *Le Plombier amoureux* ou *Le Roi de la bière*. Bientôt, Keaton n'y est plus pour rien. Le personnage du jeune homme à la fois docile et insoumis qui essuyait les tempêtes et se confrontait aux forces de l'univers a complètement disparu.

On l'affuble de costumes ridicules, on le maquille en clown larmoyant, on le fait chanter, pleurer, danser. On lui demande de ne pas parler et on l'afflige d'un partenaire débile, un moulin à paroles qui rit très fort à ses propres blagues.

– Tu vois, c'est ça qui est drôle, lui il parle tout le temps, et toi tu ne dis rien. Tu es *the great stone face* !

Keaton n'a pas d'argent de côté. Il subvient toujours aux besoins de ses parents et aide aussi son frère et sa sœur. Il vient de divorcer et a laissé à sa femme villa, bateau, voitures, assurance-vie et comptes en banque. En guise de reconnaissance, elle lui interdit de voir ses fils, sous prétexte qu'il pourrait les kidnapper, et entreprend des démarches pour qu'ils cessent de porter son nom. Ils s'appelleront désormais James et Robert Talmadge. Keaton ne se défend pas, il n'a même pas pris d'avocat.

Il emprunte de l'argent pour acheter d'occasion un car Pullman entièrement aménagé, dans lequel il joue aux cartes toutes les nuits avec des amis, et il boit énormément. Il se gare tantôt dans l'allée de la villa d'Harold Lloyd, tantôt sur un parking des studios. Mais bientôt il abandonne cette deuxième adresse, car la MGM l'a renvoyé. Certaines personnes se souviennent que lorsqu'il traînait dans les bars et n'avait vraiment plus d'argent, il lui arrivait de faire une de ses fameuses chutes en échange d'un verre de vin.

Entre deux cures de désintoxication, il participe à des films éducatifs et se fait réembaucher à la MGM comme gagman. Il est censé travailler pour Abbott et Costello, et surtout pour les Marx Brothers. Il s'étonne qu'il soit impossible de réunir les trois Marx en même temps. Il y en a toujours un qui a mieux à faire, et le temps qu'on lui mette la main dessus, les deux autres ont disparu. Quant à Abbott et Costello, ils ont pour habitude d'arriver le premier jour du tournage sans savoir de quoi parle le film. Il se souvient de la troupe d'Arbuckle, des déjeuners à la cantine au cours desquels Al St. John et lui improvisaient de violentes disputes, se poursuivaient sur les tables, se lançaient des assiettes et des couteaux. L'un poussait l'autre par la fenêtre du quatrième étage, le retenait in extremis par le poignet, ou au contraire faisait semblant de lui écraser les doigts à coups de talon pour qu'il lâche prise. Autour d'eux, les gens essayaient de terminer leur repas, certains finissaient par s'affoler, croyant que le jeu avait dégénéré en véritable bagarre. Mais non, c'était du travail. Quand on faisait un film, se souvient-il, on vivait avec, on mangeait avec, on dormait avec.

On l'emploie comme gagman sur des remakes de ses propres films.

On lui demande d'être conseiller technique pour un film sur sa propre vie. On réécrit entièrement sa biographie. *The Buster Keaton Story* raconte qu'il était si pauvre qu'il ne savait pas se servir d'un couteau et d'une fourchette, et qu'à l'apparition du cinéma parlant, il était incapable de dire la moindre ligne de texte sans buter sur un mot. C'est ainsi qu'il s'est mis à boire, ce qui ne l'a pas aidé à mieux articuler et l'a donc rapidement plongé dans la déchéance. Peter Lorre joue le rôle du « méchant » réalisateur, et c'est Donald O'Connor, le danseur acrobate bondissant de *Chantons sous la pluie*, qui joue celui de Keaton. O'Connor qui était si heureux, si fier, qui a tant travaillé pour essayer de reproduire le plus fidèlement possible les attitudes, les gestes et les saltos de son héros, perd chaque jour un peu de son entrain tant le film est mauvais. Et surtout, il ne comprend pas pourquoi on a embauché Keaton comme conseiller si c'est pour ne tenir compte d'aucune de ses suggestions.

En 1959, on lui remet un oscar d'honneur, mais pas au cours de la cérémonie officielle. Cet oscar n'a d'ailleurs fait l'objet d'aucune annonce. On le lui remet pendant le dîner qui suit la cérémonie, entre les gâteaux et les cigares.

Il fait un nombre invraisemblable d'apparitions dans des films invraisemblables. On lui demande d'être un vieux monsieur sur une planche de surf au milieu de jeunes gens qui se tortillent en maillot de bain. On lui demande surtout, à chaque fois, de refaire son fameux geste du guetteur, la main en visière, le buste légèrement penché en avant. « Hé, Buster, tu n'oublies pas de faire ton geste ! » Alors Keaton porte sa main en visière, à quelques centimètres de son chapeau plat. Il continue à « préparer » ses chapeaux lui-même, achète toujours le même modèle de Stetson, dont il découpe la calotte pour la raccourcir, et qu'il fait ensuite tremper dans de l'eau fortement sucrée pour le rendre plus résistant, mais il n'a plus besoin d'en acheter une dizaine par mois, un chapeau par an suffit largement.

C'est comme si, à partir de 1929, l'année de son entrée à la MGM, on lui demandait, à chaque contrat, de graver sa propre épitaphe, de passer le balai sur sa tombe, d'y poser un pot de géranium. Ces contrats, il les signe tous, par manque d'argent mais aussi dans l'espoir qu'on veuille soudain quelque chose de lui qui ressemble vaguement à ce qui était son travail. Il ne fait pas de différence entre jouer dans *Film* écrit par Samuel Beckett et *Beach Blanket Bingo* ou *How to Stuff a Wild Bikini*. Si on lui demande vraiment son avis, il préfère ce projet qu'on vient de lui proposer au Canada, un film pour promouvoir le tourisme dans lequel il doit traverser le pays d'un océan à l'autre sur une draisine. Il s'imagine déjà debout sur le marchepied ou sur le siège, filant sur les rails à la vitesse maximale, et réfléchit à la façon dont il va déplier une carte du pays que le vent de la course lui plaquera sur le visage, le rendant complètement aveugle, pendant que le véhicule passera sur un pont au-dessus d'un immense ravin.

« J'ai grandi sous les quolibets », se souvient-il avec fierté, en songeant aux années de vaudeville. Il vieillit dans la poussière, comme un objet hors d'âge qu'on descend une fois par an du grenier pour s'amuser à la fin d'un repas de famille.

Eleanor a vingt et un ans. Elle est danseuse pour la MGM. C'est en jouant au bridge qu'elle a fait la connaissance de Buster. Ils sont tombés amoureux, extrêmement amoureux. Ils ont décidé de se marier.

Ce matin, Eleanor a rendez-vous avec le médecin de Buster. Il l'a convoquée à 9 h 30, elle ignore totalement pourquoi. Elle sent ses jambes trembler tandis qu'elle pénètre dans le petit bureau, mais elle dissimule son inquiétude et fait de son mieux pour que son bonjour soit clair et posé. Elle s'assoit élégamment et sagement dans le fauteuil que l'homme lui désigne. Comme ses mains tremblent aussi, elle les pose sur le fermoir doré de son sac. Il fait sombre, ce matin-là, un orage indécis tourne autour de la ville. La pièce est éclairée par une petite lampe sur le bureau, dont la lumière jaune pâle rend le teint du médecin cireux.

– Merci d'être venue, mademoiselle Norris. Quel âge avez-vous ?

Eleanor se tient très droite et répond en souriant.

– Vous connaissez l'âge de Buster ? Oui,

quarante-quatre ans. Vous n'êtes pas sans savoir son problème d'alcool ?

Une vague de soulagement passe comme un vent tiède sur le cœur d'Eleanor.

Elle respire. Cet homme ne l'a pas fait venir pour lui annoncer une maladie incurable, ou foudroyante, ou les deux. Il tient seulement à la dissuader d'épouser Buster. Mais cela, il y tient absolument. Il la sermonne, il la gronde comme si elle était une petite fille insouciante et capricieuse.

– Vous savez combien de temps a duré son mariage avec cette infirmière – comment s'appelait-elle, déjà ?

– Mae, répond Eleanor.

– Oui, c'est cela. Ce fut un fiasco, mademoiselle. Je vous en prie, laissez Buster tranquille. Il n'a pas d'argent, vous savez ? Sa situation professionnelle est... Il n'a pas de situation du tout ! Vous ne lui apporteriez que des ennuis. Croyez-moi, il n'a pas besoin de ça, il n'a pas besoin de vous.

Le cœur d'Eleanor se comprime à nouveau sous l'effet de l'humiliation et de la colère. Elle sort du bureau légèrement sonnée. Comme une onde électrique, la colère vibre le long de ses muscles. Ce n'est pourtant pas terminé, car après ce rendez-vous, il y en a un autre, le lendemain, puis un troisième encore. Ce sont des amis de Buster, qui ont expressément demandé à la voir. Ils répètent tous les mêmes phrases : Mademoiselle, renoncez à ce mariage. Buster a suffisamment d'ennuis, il n'a pas besoin que vous lui en rajoutiez, croyez-moi. Chaque entretien dure près de deux heures.

Eleanor, chaque fois, garde son calme. Elle écoute avec politesse. Quand la brûlure de l'humiliation est trop forte, elle baisse la tête pour dissimuler la rougeur qui envahit ses joues. Ou au contraire lève son visage souriant, feignant de réfléchir avec sérénité, le temps que les larmes qui menaçaient de déborder prennent le chemin inverse. Toute son énergie est concentrée pour maintenir un masque placide sur son visage. Elle parle peu, ne s'enferme pas dans le silence non plus. Elle prend congé de son interlocuteur en lui serrant aimablement la main.

C'est fini. Ils ont parlé, et maintenant qu'ils se taisent à jamais. Eleanor est dans l'autobus. Elle a rendez-vous avec Buster. Le ciel sur la ville est sombre et bas, il n'y a pas un souffle d'air. Elle descend de l'autobus et marche d'un pas vif. Le bruit de ses talons la rassure. Elle sent très précisément que chaque pas qu'elle fait l'éloigne de ces hommes, du son de leurs voix, et la rapproche de celui qu'elle aime. Elle commence à chuchoter une petite chanson dans sa tête, au rythme de ses pas : « J'aime Buster, J'aime Buster et je vais l'épouser. » Sa petite chanson s'accélère et ressemble à présent au rythme d'un train. Son cœur s'allège et elle se met à courir sous le ciel d'acier. Elle remarque soudain comme la lumière d'orage éteint les façades et éclaire le vert des arbres et des buissons. Ses yeux s'accrochent avec gratitude à chaque silhouette d'arbre, au vert sombre et tranchant des feuilles de palmier, aux feuilles dentelées et lumineuses des jacarandas. Le vent se lève enfin, et Eleanor en profite pour accélérer sa course. Au fur et à mesure qu'elle approche de la maison de Buster, elle a l'impression que son corps se déplie pour lui permettre d'arriver plus vite. Son cœur est maintenant aussi souple qu'un ballon de soie, il se gonfle joyeusement dans sa poitrine, il s'échappe d'elle et s'étend sur la ville entière. Elle aime Buster, et la semaine prochaine, ils seront mariés.

À l'instant où il entre en piste, un silence absolu se fait sous le chapiteau. Certains spectateurs ont fait des centaines de kilomètres pour venir le voir. Une onde électrique relie chacun d'entre eux à cette petite silhouette aux gestes si précis qu'ils remplissent tout l'espace. C'est la deuxième fois que Buster Keaton est la vedette du cirque Medrano, à Paris. Il recréée le numéro qu'il avait inventé pour *Le Figurant*, l'une des toutes dernières fois où on le laissa être drôle au cinéma. Pendant dix minutes, il essaie en vain d'installer sur un lit une femme ivre morte. Elle est aussi lourde qu'un cadavre, aussi désarticulée qu'un pantin. Il n'arrive jamais à la soulever en entier. Après maintes tentatives pour la prendre dans ses bras, il lui vient une idée. Il l'allonge sur le côté et lui donne la forme d'une chaise, le dos bien droit, les jambes en équerre. Puis il couche une chaise par terre et la place exactement derrière elle. Prestement, un peu comme on retourne une crêpe, il fait faire un quart de tour à la chaise pour installer la femme dessus. Il ne lui reste plus qu'à remettre doucement la chaise sur ses pieds et à prendre dans ses bras le corps endormi, juste avant qu'il ne s'effondre de nouveau.

En coulisses, chaque soir, les clowns suivent chacun de ses mouvements. Ils l'observent avec tant d'attention qu'ils ne peuvent s'empêcher d'imiter ses attitudes. Une sorte de pur ravissement les saisit. Ils voudraient que ça ne s'arrête jamais. C'est ce même ravissement qu'éprouveront, quelques années plus tard, les techniciens des *Feux de la rampe* lorsque Keaton fera une stupéfiante improvisation dans le rôle du pianiste perdu mais stoïque. On raconte que Chaplin en coupa les meilleurs moments.

– Mais qu'est-ce qui les fait rire comme ça ? demande Keaton, inquiet, en tirant sur sa cigarette.

– Votre film, lui répond Raymond Rohauer, avec un petit sourire à la fois gentil et satisfait.

Ils sont trois sur ce morceau de trottoir, devant un cinéma de Munich, à la tombée de la nuit. Les gens dans la salle rient tellement fort qu'on les entend de la rue.

Keaton refuse de croire que son film puisse être à l'origine de ces éclats de rire. Si on lui annonçait qu'un singe échappé d'un cirque s'est introduit dans le cinéma et danse le charleston devant l'écran, il le croirait plus aisément.

– Allons voir, propose Rohauer.

Keaton secoue la tête.

– Eleanor, vous m'accompagnez ?

Ils le laissent seul pendant quelques minutes qui lui paraissent des heures. Il écrase sa cigarette et en allume une autre. Il lui tarde de rentrer à l'hôtel.

Toute cette histoire a commencé au début des années 1960 lorsque l'acteur James Mason, propriétaire de l'ancienne demeure des Keaton, a retrouvé des films disparus dans une pièce du sous-sol qui servait autrefois de salle de montage. Certaines bobines étaient encore en bon état, d'autres fichues, ou presque. À la suite de cette découverte, Raymond Rohauer, alors directeur d'une salle de cinéma à Los Angeles, a proposé à Keaton de fonder une société ensemble. Il lui a promis de récupérer les droits des films, de retrouver des copies partout où il en restait, de sauver les films en train de s'abîmer, d'organiser des projections et des rétrospectives. Rohauer était peut-être un cinéphile, mais surtout un mercenaire, un homme qui ne passait pas une semaine sans se faire un ennemi quelque part. Cette rencontre, qui a lancé sa carrière de collectionneur et de distributeur, a davantage changé sa vie que celle de Keaton.

Keaton pensait que ses films ne seraient plus jamais ni montrés ni vus. Il n'avait pas besoin de le penser. L'idée qu'ils puissent l'être de nouveau ne l'aurait même pas effleuré. Pour lui, la durée de vie d'un film pouvait difficilement excéder une vingtaine de mois. Pendant cette période, le film était censé rapporter de l'argent – ou pas – et puis c'était terminé, il n'était plus destiné alors qu'à se décomposer au fond d'une boîte.

Rohauer et Keaton ne sont jamais devenus amis, cependant Rohauer a tenu la plupart de ses promesses, retrouvant des copies jusqu'au Danemark et en Tchécoslovaquie. De Keaton il disait : « C'est drôle, on dirait qu'il n'a pas d'ego. »

C'est pourtant Keaton qui a choisi *Le Mécano de la « General »*, son film préféré, pour cette tournée organisée dans une douzaine de villes allemandes. Mais ce qui lui plaît vraiment dans ce voyage, c'est la locomotive à vapeur venue tout exprès de Vienne en son honneur. Il a aussitôt pensé qu'il pourrait la conduire lui-même d'une ville à l'autre. Les gens ont cru qu'il plaisantait, mais il ne plaisantait pas le moins du monde. Et lorsqu'il est monté à bord, il n'a pas laissé le choix aux mécaniciens qui le regardaient, l'œil mauvais. Non seulement il a osé toucher à la locomotive, mais il l'a conduite jusqu'à l'arrivée.

Il sourit tout seul en y repensant et écrase sa cigarette. Eleanor et Rohauer sortent de la salle, excités comme des enfants.

– Ils projettent *Cops* !

– Les gens rient aux larmes, dit Rohauer et, comme s'il avait pleuré de rire lui aussi, il enlève ses lunettes et tamponne les coins de ses yeux. Vous ne voulez vraiment pas entrer dans la salle ?

– Non, dit Keaton. On rentre à l'hôtel.

Ouvrir les battants d'une salle de cinéma et pousser son vieux protégé sur une estrade, face à une salle comble, est l'un des grands plaisirs de Raymond Rohauer. Il feint de ne pas voir à quel point Keaton est terrifié par la foule. À quel point il a envie de courir dès que des spectateurs s'approchent de lui.

Il aime aussi lui tapoter l'épaule et lui demander :

– Buster, si l'on vous avait dit qu'un jour vous reverriez votre nom en grosses lettres sur une marquise, l'auriez-vous cru ?

Ce genre de questions, Keaton n'a pas fini de les entendre.

À Paris, à la Cinémathèque, quelqu'un ouvre une porte devant lui et le pousse à l'intérieur de la salle. La salle est pleine. Sur l'écran, les dernières images du *Navigator*. Pris de panique, Keaton s'enfuit. Eleanor le retrouve en train de vomir dans la rue.

Le lendemain soir, il est prévu qu'il soit là, à la fin de la projection. Il s'avance, extrêmement surpris, troublé par ces applaudissements qui n'en finissent pas, vingt minutes d'applaudissements d'un public fervent, heureux, infiniment respectueux. Puis les applaudissements se taisent, quelques derniers claps isolés font place à un silence de plomb. Keaton, pétrifié, ne dit rien. Le public, presque aussi pétrifié, ne dit rien non plus. Cela dure plusieurs interminables secondes. Puis Keaton demande si quelqu'un ne veut pas lui poser une question. Les gens le regardent. Personne ne lève la main. Alors Keaton pointe son doigt en direction d'un spectateur, assis exactement au milieu du premier rang, et lui dit timidement :

– Voulez-*vous* me poser une question ?

Ce spectateur, tout jeune, se trouve être l'un de ses admirateurs les plus passionnés. Il s'appelle Robert Benayoun. Il veut devenir écrivain et critique de cinéma. Il est le futur auteur d'un livre intitulé *Le Regard de Buster Keaton,* regard, qui, à cet instant, est planté dans le sien. Il n'a jamais pu se souvenir de la question qu'il avait posée ce soir-là, ni de la réponse que Keaton lui avait faite.

Deux ans après la tournée allemande et l'hommage de la Cinémathèque française, Keaton est au festival de Venise pour présenter *Film* de Samuel Beckett et Alan Schneider, auquel il ne comprend rien. C'est un moyen métrage, et les applaudissements qui suivent la projection paraissent durer presque autant que le film lui-même. De fait, ce n'est pas exactement *Film* que les spectateurs applaudissent avec tant de chaleur, c'est la rétrospective Buster Keaton qu'ils ont vue l'année précédente. L'un des organisateurs tapote l'épaule de Keaton et lui dit :

– Ça doit vous faire plaisir, non ?

– Oui, dit Keaton, et soudain las, il ajoute : C'est trente ans trop tard.

Cet après-midi-là, Keaton est chez son fils aîné Jimmy, il regarde la télévision. (Après avoir vécu des années sans son père, James Talmadge, le jour de sa majorité, a sauté dans sa voiture pour lui rendre visite.) Ce n'est pas la première fois que Keaton a un poste de télévision devant les yeux, mais c'est la première fois qu'il la regarde vraiment. Il y passe l'après-midi entier. Si Joe Keaton était assis à côté de lui, il dirait probablement que c'est une invention grotesque et sans avenir. Il dirait quelque chose comme : « On se tue à faire de beaux films, tout ça pour que les gens restent chez eux à regarder des crétins faire les andouilles sur un écran minuscule. » Buster est fasciné et ne dit rien du tout. Si, le soir, au moment de passer à table, il dit qu'à son avis, l'avenir du divertissement est là. Ce qu'il vient d'entrevoir, surtout, c'est la possibilité de faire de nouveau son travail.

En 1949, il est l'invité d'un show télévisé, l'un des tout premiers *Ed Wynn Show*. Ed Wynn, qui a également fait ses débuts dans le vaudeville, lui propose de jouer à deux une sorte de parodie de film muet, en reprenant la première scène qu'il a tournée dans *The Butcher Boy* (*Fatty boucher*), dite « scène de la mélasse ». Ils la jouent en public et en direct, Ed Wynn reprenant le rôle d'Arbuckle, et Keaton le sien. Keaton entre dans un magasin pour acheter un petit seau de mélasse, mais on lui remplit à son insu son chapeau, qu'il remet ensuite sur sa tête. Lorsqu'il veut soulever son chapeau pour saluer avant de quitter le magasin, il ne peut plus le décoller de son crâne. Puis, le seau s'étant renversé, ce sont ses pieds qui se trouvent pris dans le sirop. Keaton, qui a alors cinquante-quatre ans et n'a pas eu beaucoup d'occasions de faire l'acrobate les années précédentes, décide de pimenter la fin de la scène. Il attrape d'abord sa jambe droite et la jette sur le comptoir, puis il attrape sa jambe gauche et la jette également sur le comptoir, et tombe à la renverse.

Quelques années plus tard, il a sa propre émission, le *Buster Keaton Show*, dans laquelle il joue chaque semaine ses propres sketches. Eleanor est sa principale partenaire. Elle a tout de suite compris ce qu'il attendait d'elle : qu'elle soit un accessoire, comme lui, et elle s'y applique avec le plus grand sérieux – au cirque Medrano, quelque temps plus tard, c'est elle qui jouera le rôle de la femme inerte et désarticulée.

On appelle Keaton pour lui proposer des publicités. Il tourne des spots pour de l'essence, pour de la bière. On lui propose aussi de faire des émissions de caméra cachée. Il arrive avec ses propres accessoires et se grime lui-même. Il s'installe au bar d'un restaurant, à côté d'un client ou d'une cliente, et commande un potage. Quand il veut y ajouter du sel, le couvercle de la salière tombe dans son assiette, et la moitié du contenu avec. Quand il essaie de récupérer le couvercle de la salière, c'est sa montre qui tombe dans le potage. Il se penche un peu plus pour récupérer sa montre, et ce sont alors ses lunettes qui glissent de son nez et tombent dans l'assiette. Les réalisateurs l'adorent car tout s'enchaîne sans aucun temps mort, et pour chaque séquence, une seule prise suffit.

Les studios continuent à l'appeler de temps en temps pour améliorer un gag qui ne fonctionne pas, pour tirer une scène comique d'une impasse. Il conseille l'acteur Red Skelton – bien que ce soit lui qui ait repris son rôle dans le remake du *Mécano de la « General »* –, devient le mentor de la grande actrice burlesque Lucille Ball. « Je suis débordé, dit-il avec fierté. Je travaille plus que Doris Day ! »

Dans une émission de télévision intitulée *This is Your Life*, vers la fin des années 1950, l'actrice Louise Dresser, debout aux côtés de Buster Keaton, raconte le numéro du ballon de basket et du rasoir qu'il faisait avec son père lorsqu'il était enfant. Elle a passé un bras autour des épaules de Buster, comme s'il était son petit frère. Lui l'écoute attentivement, comme s'il ignorait tout de cette histoire. Il a l'air d'un spectateur sérieux, concentré, qui cherche à bien se représenter les faits qu'on lui expose. Se tournant tantôt vers l'animateur de l'émission, tantôt vers Buster, Louise Dresser raconte avec une simplicité très étudiée comment le ballon, en décrivant des cercles, s'approchait lentement de la tête de Joe Keaton. Son index décrit lui aussi des cercles dans l'air, et Buster, comme hypnotisé, le suit des yeux, jusqu'à ce que sa tête se mette à tourner légèrement elle aussi. C'est un moment parfait. Deux personnes racontent un fragment de spectacle et font de ce récit un petit spectacle en lui-même. Keaton le voudrait-il qu'il ne pourrait probablement pas s'empêcher d'inventer cette mise en scène, comme une ligne instrumentale pour suivre le récit de son amie.

Sur le tournage du film touristique canadien, qui se déroule entièrement sur la ligne de chemin de fer est-ouest, des images qui n'appartiennent pas au film le montrent au bord de la voie, occupé à parler avec des membres de l'équipe. Un train arrive lentement à leur hauteur, en marche arrière. Abandonnant ses interlocuteurs, Keaton s'approche de la voie, attrape la rampe au-dessus du marchepied du dernier wagon et feint d'arrêter le train lui-même, en accompagnant les derniers mètres de freinage. Son geste est si parfait qu'il crée l'illusion. Au moment où le train repart Keaton tient de nouveau la rampe et feint de lancer sa course.

Le soir, dans un hall d'hôtel désert, il nettoie avec le plus grand soin une vitre imaginaire. Il joue le numéro jusqu'au bout. Lorsque la vitre existe au point que le spectateur, s'il y en avait un, ne pourrait douter de son existence, Keaton la traverse avec sa main, munie du chiffon, pour venir à bout d'une saleté sur l'autre côté. Peut-être quelqu'un passera-t-il dans le hall à ce moment-là, peut-être non. Peut-être Eleanor le verra-t-elle faire, peut-être pas. Il le fera de toute façon. Comme ces centaines d'autres gestes, qu'il refait tout le temps, même lorsqu'il est seul dans son garage.

Buster Keaton est mort en 1966 d'un cancer du poumon. Il croyait souffrir d'une bronchite chronique. Il avait décidé de réduire sa consommation de cigarettes. Dans la maison qu'il avait achetée en vendant les droits de son autobiographie à la MGM – une maison plutôt modeste, avec un jardin, qu'il appelait son *ranch* –, il avait installé un immense circuit de train électrique dans le garage. Il posait sa cigarette allumée sur l'un des wagons et ne prenait une bouffée que lorsque le train passait devant lui.

Aux beaux jours, il agrandissait le circuit afin que le train desserve la cuisine et le jardin, et apporte des œufs durs, des hot-dogs et des pickles aux invités qui prenaient le soleil.

Henri est déjà debout près de la porte, son sac à dos sur les épaules. Son week-end à Paris est terminé. Il était content de venir, heureux d'être en famille, de voir ses neveux, qu'il regarde toujours avec un mélange d'affection et de sévérité car il prend son rôle d'oncle très au sérieux. Il a aimé se promener avec nous, prendre le RER et le métro mais aujourd'hui, c'est dimanche, son train est à quatre heures, et depuis qu'il a ouvert les yeux ce matin, son esprit est aimanté par l'heure du départ, comme si chaque geste, chaque minute ne servait qu'à préparer l'instant où il gravira le marchepied pour monter dans son wagon.

Dans ces moments-là, le contrarier est presque un jeu. Ouvrir son sac à dos, qui est prêt depuis huit heures du matin, pour plier les vêtements propres qu'il a roulés en boule et protéger les objets fragiles, comme la bouteille de parfum qui lui a été offerte – Henri adore mettre du parfum. Même si son train ne part que dans trois ou quatre heures, Henri considère le réagencement de son sac comme une tentative délibérée pour l'empêcher de partir.

Il ne dit rien, il sait que cette bataille est perdue d'avance, mais il me regarde, les bras croisés, l'œil sombre, tandis que j'ouvre le sac, sors toutes ses affaires, emballe la bouteille de parfum dans un sac en plastique, puis dans un T-shirt, avant de défroisser et replier sa chemise. Lorsque son sac à dos est de nouveau refermé, il peut reprendre son compte à rebours, et sa rancœur finit par se dissiper.

Le jour du départ, Henri n'est jamais triste, et il ne faut compter sur aucun attendrissement de sa part. Il sait qu'il est d'usage de dire merci, de dire qu'il a eu du plaisir à être là, et ce sont des obligations dont il se débarrasse sans parvenir à dissimuler son impatience ni son absence de sincérité.

Et lorsqu'il se tient ainsi debout près de la porte d'entrée, raide comme un piquet, son blouson de travers sous les bretelles du sac à dos, le regard absent, il est comme un objet habité par une force que seule l'ouverture de la porte peut libérer. C'est comme si ce week-end n'avait jamais existé.

Quand nous arrivons à la gare et qu'il composte son billet, le voilà soulagé. Il sait que, sauf malchance extrême, rien ne pourra plus s'interposer entre ce train et lui, et cette quasi-certitude ranime son regard et jette une bouffée de plaisir sur son visage. Je l'aide à trouver sa place, près de la fenêtre. Il me lance un au revoir à la fois chantant et inhabité, sans me regarder. Pour lui, c'est terminé. Sa tête est déjà penchée contre la vitre, ses yeux fixés sur un point précis. C'est là, au bout de cet axe qu'il apercevra la locomotive, tout à l'heure, dans la courbe, quand le train démarrera.

L'obliger à dire encore au revoir, c'est l'obliger à quitter cette position stratégique. Je regarde son poing fermé qui se crispera au moment du départ. Je regarde son visage, c'est à peine s'il sait que je suis encore là. Si, il le sait, et il préférerait que je descende parce que ma place est sur le quai. Sa tempe gauche est collée à la vitre, son œil gauche prêt à recevoir pendant tout le trajet l'air froid – et probablement sale – de la soufflerie. Je n'y peux rien. Je descends du train.

Lorsque je suis sur le quai, je vois qu'Henri, sans changer de position, me surveille du coin de l'œil. Il est satisfait de me voir enfin de l'autre côté de la vitre, et fier aussi. Il aime que je le voie ainsi à son poste de surveillance, paré au départ. Je pense que peu de choses lui appartiennent aussi entièrement que cet instant-là. Le train démarre sans bruit. Je regarde Henri partir. Il ne me regarde plus, il n'est déjà plus là.

Depuis qu'il a appris à prendre le bus, Henri va souvent au cinéma tout seul. Il y va seul parce qu'aucun de ses colocataires au foyer n'aime vraiment ça, ils préfèrent tous voir des films en vidéo. Henri repère dans le journal la sortie des films qui l'intéressent. Il aime trois sortes de films : les films d'action avec des poursuites de voitures et des scènes spectaculaires avec des avions ou des trains, les comédies, quand elles lui rappellent celles de Louis de Funès, et les films d'amour.

Il ne prend pas la peine de lire les résumés, il se fie au titre, à l'affiche et à son propre instinct. Parfois il se trompe et se trouve obligé de voir un film extrêmement ennuyeux sans le moindre baiser, le moindre décollage d'avion, le moindre borborygme rigolo pour le récompenser de sa patience. Il reste jusqu'à la fin, parce que c'est son habitude, et il ne dit jamais sa déception. Il aurait trop peur qu'on lui déconseille de retourner au cinéma.

Un matin, il découvre l'affiche de *Titanic* sur un abribus. Sûrement a-t-il déjà entendu parler de ce film et sait-il qu'il y est question d'un paquebot et d'un naufrage. Henri s'intéresse aux paquebots, pas tout à fait autant qu'aux trains et aux avions, mais quand il était enfant et qu'il passait des vacances chez ses grands-parents, au Havre, son grand-père l'emmenait souvent sur le port, et ils assistaient aux départs et aux arrivées des grands bateaux. Henri était fasciné par le travail des remorqueurs.

Ce film est l'histoire d'un paquebot, et en plus, l'affiche dit clairement qu'il s'agit d'un film d'amour. Henri est donc certain de vouloir voir *Titanic*. Il n'a simplement pas encore bien saisi le titre : comme l'une de ses tantes s'appelle Annick, il croit que c'est *P'tite Annick*, peut-être pense-t-il que la jeune femme sur l'affiche s'appelle Annick.

– Il est très long, ce film, il dure plus de trois heures, l'avertit un éducateur.

– Je préfère quand c'est long, répond Henri.

Le premier samedi qui suit la sortie du film, il déjeune avant ses camarades – on l'a aidé à vérifier les horaires dans *Lyon-Poche* – et il prend le 44 pour se rendre au Pathé Palace, rue de la République.

Lorsqu'il arrive devant le cinéma, un peu avant treize heures, la file d'attente est si longue qu'il ne la voit pas. Elle n'est pas identifiable. Une file d'attente a normalement un début et une fin. Mais le début, ici, est une sorte d'amas confus, et la fin est hors de son champ de vision, là-bas, à plus de cinquante mètres dans la rue de la République. C'est si loin que ça n'existe pas, en tout cas pas dans le monde où Henri a l'habitude d'aller au cinéma. Il faudrait qu'il s'approche de quelqu'un et demande : « Vous faites la queue pour *P'tite*

*Annick ?* », et qu'il cherche ensuite l'extrémité de la file. Mais d'une part Henri n'adresse la parole à un inconnu que si c'est absolument nécessaire – et son appréciation de la nécessité est étroitement liée au peu d'envie qu'il a de parler à des inconnus. Et d'autre part, il n'aime pas faire la queue. Alors il se met à peu près là où il a l'habitude de se mettre, au bord de cet amas de gens, non loin de la caisse. Mais la caisse, il ne peut jamais s'en approcher parce qu'il y a toujours quelqu'un avant lui. Dans sa poche se trouve peut-être sa carte d'invalidité, sur laquelle il est écrit station debout pénible et qui lui permettrait de passer devant tout le monde. Mais il ne s'en sert jamais. Quand on lui parle de sa carte, il répond qu'il n'est pas handicapé. Les handicapés, pour lui, ce sont les gens en fauteuil roulant. Pourtant, s'il avait mieux compris l'utilité de cette carte, il s'en servirait peut-être ce jour-là, car l'heure tourne et il craint terriblement de manquer le début de la séance. Il a horreur d'entrer dans la salle quand il y fait déjà noir et que des marches invisibles semblent se dérober sans cesse sous ses pas.

Lorsqu'il arrive enfin devant le guichet, on lui dit que c'est complet et que la séance suivante est à 16 h 45. Henri est contrarié, mais puisqu'il y a une autre séance, il décide d'attendre. Il n'aime pas faire la queue, mais attendre ne le dérange pas plus que cela. C'est pour lui une activité si familière. Il reste là, tout près du guichet. Il ne bouge surtout pas. De temps en temps, il lève les yeux pour vérifier l'horaire, puis les baisse pour consulter sa montre.

À force de vérifier l'horaire, il s'aperçoit que le titre du film est *Titanic*, enregistre cette information et s'en félicite. Il se félicite aussi de sa nouvelle montre, qui marche très bien. Il attend une heure, deux heures. Au bout de deux heures et quelque, doucement, se forme une nouvelle file d'attente. Il n'y prête pas attention, il n'a pas besoin d'y prêter attention puisqu'il est au bon endroit, tout près de la caisse. Seulement, personne n'est venu se placer derrière lui. Tandis que la nouvelle file s'allonge, il ne bouge pas d'un pouce. Et à 16 h 45, tout recommence. Il y a toujours quelqu'un avant lui au guichet. Et la salle se remplit sans lui. Lorsque la jeune femme qui vend les tickets lui annonce que c'est complet pour *Titanic*, Henri est extrêmement surpris. Il est également fâché. Peut-être laisse-t-il échapper dans sa barbe un juron du capitaine Haddock, saperlipopette, mille millions de mille sabords, ou l'une de ces phrases qu'il peut enfin prononcer à son aise depuis qu'il ne vit plus avec nous : « C'est quoi, ce bordel ? »

La séance suivante est à 20 h 25, et Henri est tout à fait prêt à attendre. Il est venu pour voir ce film, il ne songe pas un seul instant à y renoncer. Heureusement, la jeune femme du guichet vient de comprendre la situation. Peut-être l'a-t-elle reconnu à son écharpe rouge mal ficelée, à son ton un peu rogue, à sa démarche claudicante. Elle lui vend un billet pour la séance du soir et lui donne rendez-vous, un peu avant l'heure, dans le hall. Pour plus de sûreté, elle prévient son collègue, un jeune homme qui porte la même veste qu'elle, la veste rouge du Pathé Palace, elle lui présente Henri, puis elle disparaît en disant à tout à l'heure.

Henri est rassuré. Il ne lui reste qu'un peu plus de trois heures à attendre. La prochaine fois, c'est bon, se dit-il. Il ne possède pas encore de téléphone portable, à cette époque, mais s'il en avait un, il l'éteindrait pour que personne ne vienne se mettre entre lui et cette séance de 20 h 25. Il ne va pas boire un chocolat, ni manger un McDo, il n'en a pas l'habitude, et il aurait peur d'être en retard. En plus, boire donne envie de faire pipi, et Henri préfère ne pas aller faire pipi au cinéma. Il a peur de ne pas retrouver la salle, de ne pas retrouver son fauteuil, que les lumières s'éteignent pendant son absence.

La caisse est fermée, la nuit tombe sur la ville. La rue de la République scintille de toutes ses guirlandes, et de minuscules flocons de neige descendent, si légers, si sensibles au moindre vent, qu'ils semblent ne jamais devoir toucher le sol. Henri se tient tout droit, l'épaule gauche un peu plus basse que la droite, immobile, comme il s'est tenu tout l'après-midi. Il est confiant, il surveille sa montre, prêt à franchir à l'heure exacte les quelques mètres qui le séparent de son point de rendez-vous dans le hall. De temps en temps, il pense à quelque chose de drôle et rit tout seul.

À 20 h 20, le grand couloir d'accès aux salles est noir de monde, et quelque deux cents personnes font encore la queue au guichet, mais Henri vient d'entrer dans la salle et de sa démarche de robot maladroit, fonce vers le fauteuil qu'il a choisi. Il n'enlève pas son anorak. C'est cela aussi, le plaisir d'aller au cinéma tout seul, il n'y a personne pour lui dire : Henri, enlève ton anorak. Tous ces gestes difficiles qu'il faut faire dans un sens pour ensuite les refaire dans l'autre. Quand Henri prend le train seul, il n'enlève même pas son sac à dos. Il dit au revoir, de ce même ton rogue, à l'employé de la SNCF qui l'a conduit jusqu'à son siège, côté fenêtre, il s'assoit avec manteau et sac à dos, tourne son visage vers la vitre, et à part le tressaillement de joie sourde qui le traverse comme un courant électrique lorsque le train démarre, il ne bouge plus jusqu'à l'arrivée.

Les lumières s'éteignent dans la salle. La main d'Henri se crispe imperceptiblement sur l'accoudoir. Il est content. Idéalement, il aurait fallu qu'il fasse un tour aux toilettes, mais il peut tenir encore sans problème. Il se félicite d'avoir pensé à ne pas boire lorsqu'il a mangé son sandwich avant de partir de chez lui. La musique commence. Souvent Henri ne comprend pas grand-chose à ce qui se déroule sur l'écran. Mais aujourd'hui, il est venu voir une histoire d'amour et l'histoire d'amour a lieu. Il est venu voir un paquebot, un naufrage, et le paquebot est là, et le naufrage a lieu. À l'unisson de la salle, Henri frémit, très impressionné, quand le bateau se fend en deux et que la partie encore émergée se dresse à la verticale avant de couler à pic, à une vitesse terrifiante. Henri adore ce film. La première chose qu'il se dit lorsque les lumières se rallument, c'est qu'il faut absolument qu'il emmène ses collègues du foyer le voir. Il est tout excité à l'idée de le leur montrer, samedi prochain peut-être. Il suit comme il peut le flot de spectateurs qui s'engouffre dans les escaliers menant à la sortie. Il se tient fermement à la rampe. La première fois qu'il est allé au cinéma tout seul, il s'est perdu parce qu'il ne savait pas que la sortie se faisait dans une autre rue que la rue de la République. Mais maintenant, il connaît cette petite rue et il sait comment retrouver l'arrêt du 44. Ce qu'il ne sait pas, c'est qu'il n'y a plus de bus à cette heure-ci. Heureusement l'un des deux éducateurs affolés qui le cherchent partout depuis environ trois heures l'aperçoit.

– Pourquoi n'as-tu pas prévenu ? Pourquoi n'as-tu pas téléphoné ?!

Pour avoir la paix, Henri répond :

– La prochaine fois, je le ferai.

Puis il s'assoit à l'arrière de la voiture. Il pense au film et rit de plaisir, en silence.

Quand Henri avait neuf ans, l'âge auquel j'ai fait sa connaissance, sa main gauche était aussi douce et tendre que celle d'un nourrisson. Je parle du creux de la main, de cet endroit qui n'a été en contact avec rien d'autre que lui-même. Il n'a encore saisi aucun objet, n'a connu le frottement d'aucun vêtement. Il est plus lisse et souple qu'un pétale de coquelicot.

Henri a appris, petit à petit, à tenir des objets de la main gauche. Pour cela, il doit d'abord l'ouvrir. Il approche sa main droite de la gauche, prend ses doigts et les déplie lentement, un peu comme s'il faisait bâiller un coquillage. Je ne me suis jamais lassée de le voir faire ce geste. Sa main gauche ne tient pas véritablement les objets. Elle les tient uniquement parce qu'elle ne demande qu'à se refermer. Quand Henri y glisse un pot de yaourt, celui-ci en ressort un peu cabossé.

Les mains d'Henri travaillent l'une contre l'autre. Quand sa main droite est au repos, la gauche reste fermée, souple, presque molle, comme la main d'un enfant qui dort. Mais dès que la main droite entre en action, les doigts de la gauche se resserrent. Et plus la main droite a d'efforts à faire, plus les doigts de la gauche se crispent. Tendres, rosés, mais presque aussi crochus que la serre d'un rapace.

Aujourd'hui la main droite d'Henri est celle d'un travailleur manuel. Elle est large, musclée et rêche, elle a quarante ans et porte souvent du noir autour des ongles. Mais sa main gauche a gardé une grande partie de sa douceur. Le creux de la paume, la naissance des doigts ont gardé leur velouté de soie. Tenir un manche de fourchette ou un pot de yaourt quelques instants par jour n'a pas suffi à la faire vieillir.

Quand nous marchons côte à côte dans la rue et que je me crois obligée de piloter Henri, parce que je suis pressée et qu'il y a trop de monde sur le trottoir, je m'empresse de prendre sa main gauche. Elle est toujours trop fraîche, sans doute le sang y circule-t-il moins vite, mais sa mollesse me réconforte. Henri est mécontent. À la première occasion, il change de place et sa main droite prend la mienne fermement. Au bout de quelques mètres il lâche ma main et place son bras autour de mon cou, en propriétaire. Il est très fier. Nous boitons de concert. Sa main me broie l'épaule, son bras pèse une tonne. Je soupire.

– Henri, tu me fais mal.

Il enlève son bras, me reprend la main. Nous restons sur ce compromis.

Son rêve se passe dans une ville qui n'existe pas. Une ville miniature posée au sommet d'une colline. Les rues sont étroites, les maisons si basses qu'elle peut toucher le bord des toits du bout des doigts.

C'est jour de carnaval, un cortège vient de passer. Elle n'a jamais aimé le carnaval, trop de bruit, trop de monde, trop de tissu, trop de couleurs et de carton, trop de ferveur sans objet et beaucoup trop de papier crépon. Le papier crépon lui rappelle la tristesse de l'école primaire, les ciseaux à bouts ronds qui ne coupent rien et la colle qui déborde et fait baver les couleurs.

Dans une ruelle voisine, une harmonie tente de se faire entendre par-dessus la rumeur de la foule et la musique des haut-parleurs, puis renonce. Le soleil de fin de journée irise le sommet de la colline. Elle s'éloigne du flot des promeneurs et gravit la pente. Là-haut, il n'y a plus personne, et le bout de la rue est à ciel ouvert. Au fur et à mesure qu'elle monte, le silence remplit l'espace. Elle est presque arrivée en haut lorsqu'elle aperçoit une petite fille qui pleure, assise sur un muret. Elle pleure parce qu'elle a perdu ses parents. Elle est jolie, très brune, avec des cheveux bouclés et une robe à volants. Elle prend cette petite fille par la main.

– Viens, on va retrouver tes parents, lui dit-elle.

Elles redescendent dans la foule, mais elles ne trouvent personne, et personne ne les trouve. Alors elles remontent vers le sommet de la colline. Elles décident en silence de rester ensemble, toujours, ou juste quelque temps. Le temps que les parents de la petite fille réapparaissent.

Elle ne sait pas si dans ce rêve la petite fille est l'enfant qu'elle voudrait avoir, ou bien si c'est elle-même qu'elle console et adopte. Elle se souvient de la lumière dorée, de la confiance tranquille qu'elle éprouve et de la sensation très précise de cette main tiède et menue dans la sienne. Le jour baisse, il est temps de rentrer à la maison. Sa main et la main de l'enfant ont si bien pris l'habitude d'être ensemble qu'elles sont comme une main unique. Elles ne se lâcheront plus, c'est pour la vie, pense-t-elle. C'est alors qu'elle entend un bruit familier, le martèlement d'une chaussure contre l'asphalte. Le son d'un pas irrégulier, bancal. Le martèlement envahit discrètement le silence. La vibration qu'il fait naître passe comme un courant électrique du corps de la petite fille au sien, mais elle sait déjà que ce n'est plus la petite fille qui marche près d'elle. D'ailleurs la main qu'elle tient dans la sienne n'est plus tendre et menue, c'est une grande main un peu rêche. Et c'est cette main qui la tient, et non l'inverse. Elle n'a pas besoin de tourner la tête pour voir que c'est Henri qui marche à côté d'elle, qui marchera toujours à côté d'elle.

Dans quelques minutes, le bébé sera là. Un garçon qui aurait dû arriver il y a trois jours, il n'est pas pressé. Elle non plus. Peut-être ont-ils un accord tacite : si nous restions encore un peu comme ça ?

La salle est grande, des gens en blouse blanche ou verte s'affairent, bruits d'instruments qu'on pose sur des plateaux. Elle se sent heureuse et inquiète. Elle est dans une sorte de bulle, un mélange de repli sur soi et d'extrême attention qui ressemble à l'enfance. Et tout à coup, des sons lui parviennent, qui prennent peu à peu toute la place. C'est bien *La Chevauchée des Walkyries* qu'elle entend. Une onde glacée la traverse comme une flèche, son cœur s'étreint. Elle pense : Je ne veux pas que mon bébé naisse avec cette musique. Elle se demande si elle est tombée sur un médecin nazi qui ne pratique les césariennes qu'au son de cette putain de chevauchée. Il faut qu'elle en ait le cœur net.

– Excusez-moi, c'est quoi, cette musique ?

Personne ne l'a entendue. Ils sont occupés, elle n'a pas parlé assez fort. Le timbre sec et éclatant des trombones lui écorche les oreilles, des notes comme une suite de détonations, et ces cris absurdes, *Ho-jo-to ho !* Peut-elle exiger qu'on éteigne cette musique ? Elle hausse le ton :

– Excusez-moi, c'est quoi, cette musique ?

Elle s'attend presque à ce qu'on lui réponde : C'est Wagner, ça met en train, surtout un dimanche.

– C'est Radio Classique, répond une infirmière.

Ouf, la chevauchée n'a pas fait l'objet d'une demande expresse. Ouf, c'est Radio Classique, qui ne passe jamais de morceau de plus de six minutes. D'ailleurs, c'est déjà fini. Les walkyries retournent d'où elles viennent en silence, rappelées par les haut-parleurs du salon d'Abidjan comme un génie aspiré par sa bouteille, avalées par le trou noir d'où elles étaient sorties, trente ans auparavant. Qui succède à Wagner ? Gershwin. Elle connaît cette chanson. *I got rhythm, I got music*... Elle sait que la fin du refrain dit : *Who could ask for anything more ?* Aucune phrase au monde n'est plus proche de ce qu'elle ressent à cet instant, juste avant que son bébé n'apparaisse. Rien de plus, je ne pourrais rien demander ni espérer de plus, merci, oh merci, Dieu, qui que vous soyez, merci. De chaque côté de son visage, des larmes de gratitude lui coulent dans les oreilles. Personne ne les voit, ils sont tous occupés à faire apparaître ce bébé qu'elle attend depuis cent ans, et qui arrive, du fond des âges, de sa galaxie personnelle. Oh, petit garçon, puisses-tu être incassable.

RÉALISATION : NORD COMPO MULTIMÉDIA À VILLENEUVE-D'ASCQ
IMPRESSION : CPI BRODARD ET TAUPIN À LA FLÈCHE
DÉPÔT LÉGAL : SEPTEMBRE 2014. N° 118536-3 (3008102)
IMPRIMÉ EN FRANCE